「鳴けない小鳥と贖いの王 ～彷徨編～」

鳴けない小鳥と贖いの王

～彷徨編～

六青みつみ

キャラ文庫

この作品はフィクションです。
実在の人物・団体・事件などにはいっさい関係ありません。

目次

鳴けない小鳥と贖いの王 ～彷徨編～

口絵・本文イラスト／稲荷家房之介

むかしむかし。この世は楽園だったという。

ルルの一族に伝わる神話によれば、ルルたちの祖先はかつて翼神と呼ばれ、空に浮かぶ島――浮島――に住んでいたという。けれど悪者たちがやってきて空の浮島を襲い、破壊し尽くして、そこに住んでいた翼神を地に投げ落としてしまったという。

ルルの一族はその翼神たちの末裔《まつえい》だといわれている。

翼神たちはそのとき双翼の片方をもぎ取られて、空の浮島に戻る術《すべ》を失った。それ以来、ずっと捜しているという。

失われた〝運命の片翼〟を。

◇四十九年に一度の祝祭

大陸中央に位置する〝聖域〟で、四十九年に一度の祝祭が賑々《にぎにぎ》しくも厳かに開催されたのは、ルルが五歳になった年のことだった。

普段は静かなルルの集落の周辺にもたくさんの人が押し寄せた。

侍女を従え、長い裳裾《もすそ》を上品に指先でつまみ上げて歩く貴婦人。鈍色《にびいろ》の金属で鋲《びょう》打ちされた上着や腰帯《ベルト》を身に着け、重々しい足取りで歩く騎士たち。厳《いか》めしい獣が刺繡《ししゅう》された裾長の胴着に、艶やかな毛皮で裏打ちされた外套《マント》をまとい、金銀細工の腰帯に、宝石を嵌《は》めこんだ剣を佩《は》いた王族たちが胸を反らして闊歩《かっぽ》する。その周囲には主人の意を汲《く》む侍女や従者たちが傅《かしず》いたり、走りまわったりしている。

初めて見る服装や髪型。耳慣れないしゃべり言葉。ルルが普段接している家族や親戚たちとは別の生き物みたいに乱暴だったり粗野だったりする人々は、同時に集落の人々にはない熱気や生命力に満ちあふれていて、ルルの好奇心を強く刺激して心を浮き立たせた。

その日は朝からそわそわと落ち着かなかった。いいや。思い返してみれば昨夜のうちからわけもなく胸が高鳴り、未知の期待で心がざわめいていた。だから、普段とは違う忙《せわ》しない人の出入りや喧騒《けんそう》にまぎれ、集落の境界線を越えて、ルルは森の中に分け入った。

そこはまだ〝護樹〟の根が張りめぐらされている範囲だったから、ルルは特に不安にかられることもなく、美しくおだやかな木漏れ日が降りそそぐ森の中を進んでいった。

〝護樹〟というのは聖域にしか生えていない、白く美しい姿をした大樹の呼び名だ。魔族によって引き裂かれ、奪われて地中に埋められた翼神の翼が樹木の形でよみがえったもので、翼神の末裔――今では〝癒しの民〟と呼ばれているルルたち一族にとって生命力の源泉だ。

〝癒しの民〟はその根が及ぶ範囲なら衰弱せずに行動できる。逆に言えば、護樹の根が届かない遠方まで離れてしまうと滋味が得られず衰弱し、やがて死んでしまう。

ルルたち〝癒しの民〟が滋味を得る方法はこの世でふたつだけ。ひとつは護樹の側《そば》で暮らす。そしてもうひとつは〝運命の片翼〟を見つけて一緒に生きる。

四十九年に一度の祝祭期間以外は、堅固な壁と結界によって常に閉ざされ、外界の人間が入ることはおろか、中から外に出ることもままならないルルたち一族にとって、〝運命の片翼〟を見つけて誓約を交わすことは、一種の伝説じみた憧れをもって語り継がれている。

その日、ルルは〝運命の片翼〟だけに聞こえる声に呼ばれたような気がして駆け出した。苔《こけ》生《む》した老木の根を越え、大きな岩を迂回《うかい》し、清らかな水が流れる小川を飛び越えて、木漏れ日が万の花びらのように降りそそぐ、樹齢千年を超える大樹の根元に横たわる少年を見つけた。

顔と胸を真っ赤な血で染めて、息絶えようとしている少年を。

少年といっても、ルルから見ればほとんど大人に思える年齢だった。おそらく十五歳前後だろう。顔を赤く染める血は、一文字に切り裂かれた両目から流れ出たものだった。そして胸には禍々《まがまが》しい黒い矢が刺さっている。力なく上下しているその動きは今にも止まりそうだ。

矢傷自体はそれほど深くない。けれど鏃《やじり》に塗られた毒が、少年の命を断とうとしていた。

ルルは迷うことなく少年に駆け寄り、小さな両手で矢をにぎりしめ、渾身《こんしん》の力で引き抜いた。

「――ッ……」

少年の口からかぼそいうめき声のような吐息が洩《も》れるのを聞きながら、ルルは矢を投げ捨てた。そして寸暇を置かず少年の身体《からだ》にすがりつき、引き抜いたばかりの矢傷に唇を押しつけて血と一緒に毒を吸い出そうとした。何度も何度もくり返し、血に混じった毒を吸い出して吐き捨てる。そうしながら胸の内で、ひたすら少年の無事を祈った。

痛みがなくなりますように。

毒の効き目が消えますように。

この人が元気になりますように。

言葉にすればそんな内容を、気持ちを込めて相手に注ぎ込み、同時に天に捧《ささ》げる。

どれくらいそれをくり返しただろう。

風が吹いて木漏れ日と花びらが降りそそぎ、ふと気づいて顔を上げると、少年の呼吸は深く規則正しく、そして力強く復活していた。血に染まり穴の空いた服の下の傷口は見事にふさがりかけ、毒で青黒く変色していた皮膚も本来の色に戻りつつある。

「うぅ…、う…――」

少年がうめき声を上げながら身をよじったので、ルルは急いで声をかけた。

「まだ、動いちゃだめ」

最後に吸いあげた毒混じりの血を吐き出してからそう言って、両目の傷に触ろうとする少年の腕を押し留《とど》めた。

「動かないで」

幼い声でそう言い聞かせ、毒混じりの血で汚れた自分の両手にそっと息を吹きかけて浄化してから、少年の傷ついた両目をやさしく覆った。

「目が――…、俺の…目が…――」

眼球が潰れるほど無残に切り裂かれた傷の状態に気づいたらしい。少年が悲痛なうめき声を上げ、虚空に指先を彷徨《さまよ》わせた。

「だいじょうぶ。また、見えるようになる」

ルルは小さな両手で少年の目をやさしく覆ってそう言い聞かせ、自分の両手の上に額を重ねて祈りを捧げた。要領は小さな擦り傷や切り傷を治すときと同じだ。天から降りそそぐ光を自分の胸で受けとめ、それを今度は額や指先から放射する。

けれど、今日はいつものそれとは全然規模が違った。ついさっき胸の矢傷を癒したときも感じたけれど、今日のルルは信じられないほど大きな癒しの力を放つことができている。

いつものルルが、夜空でかすかに光を放つ六等星だとしたら、今のルルは昇りはじめた朝陽《あさひ》のように力強く強大だ。一族のなかで一番癒しの力を持つと言われている長老ですら、今のルルの足元にも及ばないだろう。なにしろ今日のルルはあっという間に、胸を抉《えぐ》った矢傷をふさぎ、致死量の毒を浄化した。そして今また、切り裂かれて潰れかけた眼球を癒している。

土に蒔《ま》いた種に水をやり、陽射しが注ぐよう世話をしてやるように、ルルは難なく少年の傷を癒していった。

「──痛みが……引い……た」

「よかった」

少年が信じがたい奇跡に戸惑うような声を出して身を起こそうとしたので、ルルは急いで上着を脱ぎ、少年の両目にそっと押し当てて覆いながら言い添えた。

「まだ目をあけちゃだめ。痛いうちはだめ」

母や父、祖父母がルルの怪我《けが》を癒すとき、言い聞かせることと同じ内容を、ルルは少年に言い聞かせた。

「痛いのに目をあけたら、せっかく治ったのがだめになる。わかる?」

少年は両目を覆うルルの服を自分の手で押さえながらゆっくりと起き上がり、少し間を置い

てうなずいた。

「——わかった。それで君の」

続けて少年が何か言いかけた瞬間、森の向こう——集落とは反対側、すなわち外界側——から、なにやら物騒な物音が聞こえてきた。がちゃがちゃと金属がこすり合わさる音に、馬の嘶《いなな》きと犬の吼《ほ》え声、それから野太く険しい大勢の叫び声が近づいてくる。ルルの怯《おび》えを察したように、少年がさっと身を強張《こわば》らせてルルを背後に庇《かば》うよう身を起こした。

「君の家はどこ？　ここから近い？　ひとりで戻れる？」

矢継ぎ早の質問に、ルルは無言でうなずいてから、少年の目がまだ見えないことを思い出して声を出した。迫りくる物音の主に気づかれないよう、小さなささやきで。

「かえれる。来るときもひとりで来たもん」

少しだけ胸を張って答えると、少年は素早くふり向いて、両眼を押さえたルルの上着の下からちらりと笑みを見せた。

「いい子だ。それじゃあ急いで家に戻るんだ。何があっても、大きな音がしても、決してふり向かずに。いいね」

そう言って背を押された瞬間、ルルは急に少年と離れがたくなり、困らせるとわかっていたのに少年の腕にしがみついてしまった。

「おにいちゃんも、いっしょにかえろ？」

一緒に帰ろう。そしてうちでずっと一緒に暮らせばいい。ぼくの寝床を半分分けてあげる。ご飯も半分あげる。だから一緒に帰ろう。

強くこみ上げた想《おも》いを、ひと言で言い表すなら『離れたくない』。それはルルが生まれて初めて抱いた強い感情だった。

目元を覆うルルの上着で半分以上隠れた少年の表情に、困惑と、強い決意に似た何かの感情が浮かぶのが見えた。緊迫した物音が背後から近づいてくる。今にも辺りの潅木を切り倒し、茂みを踏みにじって飛び込んできそうだ。

少年はきゅっと唇を噛《か》みしめてから、覚悟を決めたように己の胸元をさぐり、取り出した細い銀鎖を思いきりよく引き千切って、そこにぶら下がっていた何かをルルの小さな手のひらに押し込んだ。

「いつかまた、必ず君に会いに来る。これがその約束の証《あかし》だ。俺の名はクラウス。クラウス・ファルド＝アルシェラタン。他の人には絶対に内緒で。だけど君は忘れないで。無くさないで。きっと迎えに来るから」

ルルの小さな手のひらに押し込まれたのは、由緒ありげな美しい宝石が嵌めこまれた指環だった。それをにぎりしめたルルの小さな手を、ぎゅっと強く包みこんでから、少年は何か言いかけた。けれど背後から聞こえてくる切迫した呼び声にハッと身を硬くして、有無を言わさぬ強さでルルの背を押しやった。その手に込められた断固とした警告の強さが伝わってきて、ルルはそれ以上その場に留まることができなかった。

「ふり向かず、走って家に帰るんだ！」

いつか必ず迎えに来るから。

その言葉と、手の中に残された美しい指環を胸に抱きしめて、ルルは森を走り抜け、誰にも見咎《みとが》められることなく安全な家に帰り着いた。

そして約束を守り、少年と出会ったことは誰にも言わなかった。

◇ 楽園喪失

それから二年が過ぎてルルが七歳になったとき、一族に伝わる大切な伝承を教わった。それでルルは、あの日森で出会った少年が、自分の〝運命の片翼〟だったと確信した。

伝承はこうはじまる。

——昔々、この世は楽園だった。

我が一族の祖先は空の浮島に住む翼神で、翼神は天から降りそそぐ恩寵《おんちょう》を受けとめて、大地に伝える大切な役割を果たしていた。

地上で生きる人々にとって、浮島に住む翼神はなくてはならない存在だった。けれどあるとき魔物がやってきて、翼神の翼を引き千切って大地に投げ捨ててしまった。それだけでは飽き足らず翼神そのものも大地に投げ堕《お》としてしまった。そうして翼神だったルルたちの祖先は、失った片翼を探し求めて地上を彷徨い続けることになり——。

「彷徨って、見つけたのが護樹の生えたこの聖なる森だ」

そう物語を結んだ長老に、ルルより年嵩《としかさ》の子どもが質問した。

「片翼は？」

「それはまだ見つかっていない。――いや、見つけた者はいるかもしれないが、消息がわからない」

「片翼って、誰にでもあるの？」

「言い伝えではそうだ。だから一族の者は、十五歳になったら旅に出る。だけど気をおつけ。我らは、護樹の梢《こずえ》と根の範囲から出ると長く生きていけない。片翼が見つからなかったらあきらめて、力尽きる前に戻ってくる必要がある」

「ただし」と長老は付け加えた。

「〝運命の片翼〟を見つけられたら話は別だ。〝運命の片翼〟を見つけられた者は、護樹の滋味がなくても生きていけるようになるからね。〝運命の片翼〟が滋味を与えてくれるようになるからだ。そして〝運命の片翼〟と正しく真の絆《きずな》を結ぶことができたら、そのときは…――」

そのときは――。

長老は何と言ったのだったか。

前世のように遠い記憶を掘り返そうとして、ルルは全身が皹割《ひびわ》れるような痛みにうめいた。

遠くで家畜を追いたてる羊飼いの声がする。

ルルは叩《たた》きつけられた地べたに這《は》いつくばりながら、幻聴のように遠く近く、曖昧に響くその音を聞いた気がした。羊飼いと牧羊犬に追い立てられて、柵で囲われた安全な寝屋に逃げ込むのは羊にとって幸福だろうか。それとも――…。

そこまで考えて、ルルは再び痛みにうめいた。

「――…っ」

うめいたけれど声は出ず、ただ乾いた息の音だけが、潰された鬼灯《ほおずき》みたいに絞り出ただけだった。冬の終わりの嵐を避けて、風雨をしのげる壁と屋根、何でもいいから食べ物と、わずかな人の温《ぬく》もりを求めて訪れた小さな村。その外れに建つ小さな家の前の道は、昨夜の雨でぬかるんでいる。冷たい泥溜《どろた》まりの中で両手をにぎりしめ、痛めた身体をかき抱《いだ》こうとしたルルは、自分が人の形を失っていることを思い出して小さく震えた。今の自分の姿をきちんと鏡に映して見たことはないけれど、たぶん人の目には、汚い瀝青《タール》にまみれた得体の知れない塵《ごみ》の塊に見えるはず。

ルルが人の姿を失ったのは三年前。十二歳のときだ。故郷と家族のすべてを失い、残された唯一の希望である〝運命の片翼〟――五歳のときに出会ったあの少年――を捜す旅に出て三年。護樹から離れてよく生き延びたと思う。けれどもう、さすがに限界だ。

故郷を失った詳しい経緯は覚えていない。ただ、とても恐ろしいことが起きて家族と引き離され、住み慣れた土地から逃げ出した恐怖と孤独だけが、時折り断片的によみがえるだけ。何が原因だったのかは、怖くて思い出したくない。ひとつだけ確かなことは、故郷から逃げ出したとき、鳥に似た獣の姿に変わったということ。――鳥に変化できたから、逃げおおせたともいえる。その証拠に人の形のままだった家族や一族は、誰ひとり脱出できなかった。

故郷を離れて、それまでルルたち一族が『外の世界』と呼んでいた場所を彷徨いはじめた最初の一年は、それなりに食べ物を手に入れ、寝床を確保することができていた。

鳥に似たルルの獣姿《すがた》が美しかったからだ。

虹色に輝く羽毛は神々しい光を湛《たた》え、ルルが立ち寄った民家や商家は栄え、病人は起き上がって元気に動きまわり、家畜は乳の出が良くなった。

ルルは『幸福をもたらす鳥』として歓迎され、姿を見せるだけで果物や木の実や野菜、干し肉、乳酪《バター》、乾酪《チーズ》といった供物を好きなだけもらうことができた。同時にルルを捕まえて独占したり、売り物にしようとしたりする悪い人間も現れたので、油断はできなかったけれど。

風向きが変わりはじめたのは、外界で迎えた二度目の冬を越えた頃からだろうか。

ルルの羽根は艶を失い、虹色の光も消えた。残されたのは消し炭のようにみすぼらしくなった黒灰色の羽毛。それも汚れて嫌な臭いを放つようになると、ルルは最早《もはや》『幸福をもたらす鳥』ではなく『凶兆をもたらす害獣』『疫病神』として忌み嫌われるようになった。

歓迎の代わりに罵声を浴びせられ、供物の代わりに熊手や箒《ほうき》で追い払われるようになった。

当然、食べ物は簡単に手に入らない。民家の屋根裏や納屋といった、雨風が安全にしのげる寝床も縁遠くなる。ルルは樹の洞や岩の陰で夜をすごし、川の水を飲み、草の根を齧《かじ》って餓えをしのいだ。ときどき野の獣に混じって人が耕した畑の作物をかすめ取ったり、民家に忍び込んで蜜や乳酪を盗んで食べたりした。そんなことが重なると、姿だけでなく、心まで獣になった気がして悲しかった。

食べ物を拝借した民家や畑には、かつて『幸運の御守り』として有り難がられた羽根を身体から引き抜いて、お礼の代わりに置いておくようにしていたけれど、美しい輝きを失った消し炭色のそれに、どれだけの価値があるのかわからなかった。

ルルが自分の死期を悟ったのは、放浪をはじめて三度目の冬の終わり。このまま〝運命の片翼〟を見つけられなければ、遠からず死ぬ。そう悟ったけれど、だからといってルルにはどうしようもなかった。死期が迫ったのは餓えと病気のせいだけではなく、ルルたち一族が生きていくのに必要な〝滋味〟が足りないせいだからだ。

こんな姿で、救いを求めることもできず、ただ震えているだけでは、気味悪がられて蹴り出されても仕方ない。そんな考えを裏付けるように、怒声が降ってきた。

「どこから入り込んだ！　この疫病神め！」

忌々しげにふりかざした箒でルルを路地に掃き出した民家の住人が、追い打ちをかけるように足音を響かせて近づいてくる。

ルルは慌ててその場から逃げ出そうとした。けれど、萎えた手足には力が入らない。目もかすんでよく見えない。それなのに自分を蹴り殺そうとする人間の、怒りの気配だけは痛いほど伝わってくる。

――逃げなくちゃ。今度こそ死んでしまう。

そう焦れば焦るほど、恐怖と疲労と痛みと絶望で手足の感覚が消え失《う》せて、意識まで遠のきはじめる。容赦なく近づいてくる地面を乱暴に踏みつける音。押し寄せる嫌悪と怒りの気配とともに、ルルの息の根を止めるのに充分な威力を持った靴の先が、眼前に迫った瞬間、

「やめろ。可哀想《かわいそう》じゃないか。怯えてる」

深く豊かな、低いのに張りのある声と一緒に、大きくて温かな両手がルルをつかんで抱き上げてくれた。

「――――…っ」

ルルはよく見えない目を瞠《みは》った。同時に全身が細かく震える。

喜びと安堵《あんど》で。

「可哀想に、こんなにボロボロになって。もう大丈夫だ。俺が助けてやるから」

傷ついて荒れ果てた肌に、光の粒みたいなやさしい声が染み込んでくる。頬を撫《な》でてくれた手の温かな指先に頭をすりつけて、ルルは音の出ない鳴き声を上げた。自分を抱き上げてくれた手のやさしさと、その指先から伝わってくるえも言われぬ温もりの深さに。助けてもらった感謝と、ずっと長い間捜し続けていた相手に再会できたような歓喜のあまりに。嬉《うれ》しくて身体が溶けてしまいそうだ。

ルルはやさしい手のひらに身をすり寄せながら、小さく震えて意識を失った。

◇　出会い

春の訪れを告げる嵐が吹き荒れた翌朝。

クラウスは風雨をしのぐために宿を求めた村の外れで、小さな黒っぽい毛玉にしか見えない生き物を拾った。雨水でぬかるんだ泥に捕らわれ、身動きできずに震えている姿が哀れで、反射的に手が伸びていた。それが穴鼠《あなねずみ》や鼬鼠《いたち》の子なら、身を隠して餌にありつけそうな草むらに逃がしてやるつもりだった。しかし、手のひらで泥を軽くひと拭いしてみたそれは、そのどちらでもない。猫や犬、兎の子でもない。

――なんだ、これは？

首を傾《かし》げながら指先でそっと探ると、わずかに翼らしき突起と小さな嘴《くちばし》が判別できた。

――鳥…？

にしては羽がない。泥まみれでよくわからないが、全身を覆っているのは羽というより毛のようだ。これが獣毛ではなく羽毛なら鳥の雛《ひな》ということになるが、今の時点でこの大きさということは猛禽類《もうきんるい》の可能性が高い。近くに親鳥がいないかと、クラウスは素早くあたりを確認してみたが、それらしい姿は見当たらない。昨日の嵐で完全に親とはぐれたのだろう。

「――可哀想に、こんなにボロボロになって」

この先もしも親鳥が見つかったとしても、こんな状態で、しかも人間《クラウス》の匂いがついたあとでは育児放棄されて死んでしまう可能性のほうが高い。そう考えた瞬間、手の中で泥まみれの黒い塊が、小さく震えた。くすんだ色の小さな嘴をわずかに開けて。

「——…っ」

必死に助けを求めるような無音の囀《さえず》りに、クラウスの心は決まった。

「もう大丈夫だ。俺が助けてやるから」

心配するな。絶対に見捨てたりしない。想いを伝えるように手のひらで包んでやると、黒い毛玉は安心したのか、ふ…っと力を抜いて目を閉じ、それきり動かなくなった。

クラウスはあわてて雛の心音を確認し、弱々しいけれど確かに脈打つそれにほっとしながら、手当ての方策を考えた。とにもかくにもまずは温めて、できれば汚れを落とし、怪我の有無を確認しなければ。それから食餌。暖を取るための火と汚れを落とす湯を求めて視線をめぐらせてみたものの、毛玉を箒で叩き潰そうとしていた男は、クラウスにも嫌悪と怒りの目を向けて、とてもではないが助けてくれそうにない。これは黒い毛玉にだけ原因があるのではなく、顔の半分近くを布で覆っているクラウスの見た目が胡散臭《うさん》く映ったせいもあるだろう。

布の下にある皮膚が、流行病《はやりやまい》や伝染性の皮膚病で爛《ただ》れているのではないか。そんな恐怖と忌避感を露《あら》わに男はじろじろとクラウスを睨《ね》めつけたあと、厄介払いだとばかりに、手にした箒を強く何度も突き出した。

余所者《よそもの》に対する警戒心が強いのは、都市から離れた辺境の小さな集落ではよくあることだ。クラウスが昨夜ひと晩身を休めたのも、宿のきちんとした部屋ではなく崩れかけた納屋の片隅だった。貸主は金と引き替えに渋々クラウスの滞在を許したが、夜が明けたとたん、他の村民に見つかる前に出て行けと、朝一番で追い払われた。

布で隠した左顔面の肌は病気でも感染症でもなく、毒に灼《や》かれて爛れた痕だ。うつらないし、俺は誰にも危害を加えない。ほんの一瞬そう釈明したくなったが、すぐにあきらめて小さな村を後にした。ここでぐずぐずと村人を説得して火や水を貸してもらうより、向こうに見える森に入ったほうが早い。

クラウスは村から充分離れると、左顔面を覆っていた布を解いて黒い毛玉を包み、懐を開いて腹に抱えた。冷えた雛の身体を人肌で温めながら森に分け入ると、みっしりと生い茂った常緑の梢に遮られて、あまり雨水が染みこんでいない枯れ木を選んで切り落とし、手早く薪に仕立て火を焚《た》いた。さらに近くの小川から水を汲んで湯を沸かす。平たくて厚みのある大きな鍋は、底にちょっとした仕掛けがあって、緊急時はその仕掛けを引き出して持ち手にすると盾になる。鉄と同じくらい硬いのに鉄よりずっと軽く、火にも水にも強く、塩気に晒《さら》されても錆《さ》びない。クラウスの生家に伝わる家宝のひとつで、価値のわかる者に売れば、豊かな領城のひとつやふたつ軽く買える値段になるだろうが、見た目は煤《すす》けた平鍋。護衛のないひとり旅には、頼もしい道連れだ。

その道連れで沸かした湯を使い、こびりついた泥を濯《すす》ごうとしたが、羽毛に絡みついた塊はなかなか落ちない。しばらく湯に浸けておけばふやけるだろうが、そうしているうちに死なれては元も子もない。手早く落ちるだけの汚れを落として乾かすと、黒い毛玉はほんの少し空気を含んでさっきより大きくなった。乾かしながら怪我の有無を確認したが、目に見える大きな傷は見つからなかった。骨折や命に関わるような打撲傷もなさそうでほっとする。洗っているうちに死んでしまったらどうしようかと心配したが、今のところ大丈夫そうだ。

クラウスは毛玉の身体が冷えないように懐に入れ、火にあたって暖を取りながら、貴重な糖蜜を湯で溶くと、麦わら《ストロー》で吸いあげて毛玉の小さな嘴に一滴注いでやった。毛玉は目を覚まさなかったものの、嘴をわずかに開閉させて雫《しずく》を飲み込んだ。さらに一滴、一滴と、ゆっくり甘い蜜湯を飲ませてやると、心なしか毛玉の心音がしっかりしてきた気がして、クラウスの胸にも温かさが広がる。

「がんばれ、負けるな。元気になれ」

一滴一滴蜜湯を嘴に注ぎながら、ささやいて励ます。まるでその声に応えるかのように、黒い毛玉は目を閉じたまま小さく身動《みじろ》いでクラウスの胸に頭を擦りつけ、羽ばたくような仕草をした。——正確には、しようとしてできなかった。翼だと思われる突起と胴体が、泥でくっついて固まっているせいだ。

「蜜湯を飲み終わったらもう一度洗ってやるから、あまり動くな。羽毛が抜けてしまうぞ」

やさしく言い聞かせながら、折り曲げた指の背でそっと頭を撫でてやると、毛玉はもう一度泥で固まった翼（と思《おぼ》しき突起）を動かそうとした。そして焦《じ》れったそうに身をよじる。

クラウスは丸めた外套《マント》の窪《くぼ》みに毛玉を入れて火の側に置くと、新しい湯を沸かす準備をはじめた。

＊　＊　＊

ルルには大切なものがふたつある。

ひとつは故郷から逃げ出したときになくしてしまった指環。

もうひとつは、運命の人と出会ったときの記憶。

指環を見つけることは、たぶんもう無理だと思う。けれど思い出のほうは、ルルが死ぬか記憶喪失にならない限り失われることはない。だからルルは彼と出会った日の出来事を、ことあるごとに思い出して心に刻み続けている。何があっても忘れないように。

たとえ死んでも。生まれ変わっても覚えていられるように。

油断すると手のひらから零《こぼ》れ落ちそうなそれを、つかみ直そうと両腕を伸ばしたとたん、背中を貫いて全身に走った痛みに、ルルはうめいた。

「すまない。痛かったか?」

すぐ近くで響いた低くて艶のあるおだやかな声を聞いた瞬間、耐えがたかった痛みは春の陽射しを浴びた淡雪のように消えた。

「——…!」

大丈夫だと答えたつもりの声はルルの喉を震わせることなく、かすれた吐息だけがすうすうと頼りなく出ただけ。

「やっぱり。おまえは声が出ないんだな。気をつけないと」

己に言い聞かせるようにつぶやきながら、低い声の主は温かな湯に浸したルルをやさしくもみ洗いしてゆく。

ルルはぱちくりと瞬《まばた》きして、ようやく自分が置かれた状況を理解できるようになった。

視界に入る自分の両手は、ほぼ鳥の翼だ。『ほぼ』というのは、鳥の翼にしてはごわごわしているし、雛のような毛玉に近い状態だからだ。しかも、湯で洗ってもらっているのに、あとからあとから汚れが滲《にじ》み出てくる。頭からちゃぷちゃぷと温かな湯をかけられて、ルルはもう一度ぱちくりと瞬きした。それからプルルと頭を振り、その勢いで目をまわして倒れかけ、低い声の持ち主の手に支えてもらった。

「ああ、すまない。湯が目に入ったか?」

やさしい声に慰撫《いぶ》されながら、やわらかな布で目元をそっと拭かれて、ルルは湯気の向こうをじっと見上げた。湯気のせいだけでなく、命の限界まで衰弱してぼやけた視界の向こうから、ルルをやさしく見つめ返してくれたのは、青と緑と銀色が混じり合った、内側から光を放つような不思議な色合いの瞳。

その瞳に影を落とすように額から零れ落ちている頭髪は、灰色がかった金髪だ。伸びて邪魔になった部分だけを適当に切りそろえ、あとは無造作に放置しただけと思われる髪型は、けれど貧相にもみっともなくにも見えない。それが取り囲んでいる相貌が威風堂々と整っているからだ。高く潔い線を描く鼻梁《びりょう》。くっきりとした存在感を示す眉と、彫りの深い目元。身体つきは身を屈《かが》めていてもわかるほど逞《たくま》しく、かつ均整が取れている。

ただひとつ難があるとすれば顔の左側――額からまぶた、頬にかけて――に火傷《やけど》か毒液で爛れたような痕があり、左眼はどうやら潰れているらしいところだろうか。ルルはちっとも気にならないが、ルルを見て『疫病神』と追い払ったような人間は、この男の顔を見たとき同じような反応をするに違いない。

表面的な傷痕を除けば、整いすぎて鋭利な印象を与える頰から顎の形を、肌色に馴染《なじ》んであまり目立たない、頭髪と同じ色合いの無精髭《ぶしょうひげ》が和らげている。

熱心に見つめられていることに気づいたのか、男はルルを見つめ返して微笑《ほほえ》んだ。その顔がやさしくて、胸が痛むくらい嬉しくなる。

「…っ！　——…っ！」

感謝と喜びを伝えたくて開いた口からは、やはりかすれた息の音しか出てくれない。

「わかったわかった。はしゃぐとまた目をまわすぞ。ん？　違うか…。もしかして腹が減ったのか？　そうだな。汚れはまあ、これくらい落ちればとりあえずいいだろう」

男は汚れた湯を捨ててルルを桶《おけ》から抱き上げると、ゴワゴワした厚布で包んで水気を拭き取りつつ、小さな焚き火の近くに置いた。

「次は食事だ。おまえは何を食べるんだ？　粥《かゆ》か、虫か、蜜か、麵麭《パン》か？」

言いながら、次々とルルの前に食べ物を差し出して見せる。

ルルは粥に嘴を突っ込んですぐに天を仰ぎ、虫は無視して蜜が入った壺《つぼ》に頭ごと突っ込んだ。

そのまま動きを止めたルルに向かって、男が声をかける。

「美味《うま》いか？」

「——…」

違う。嘴が固まった蜜に刺さって抜けなくなったのだ。何度か抜こうと身をよじったけれど、力が入らなくてうまくいかない。静かになったルルの苦境に気づかないのか、男は鼻歌交じりに何か別の作業をはじめたようだ。

ルルは蜜から嘴を引き抜くのをあきらめて、舌を伸ばした。そうすればいくらでも甘露な滋養が口中に広がる。間抜けな格好だが、餓えから解放された安堵と男に庇護《ひご》されている安心感、身体を包む温かさと久しぶりにさっぱりした清涼感が相まって、なんだか眠くなってきた。

聖なる護樹の故郷から逃げ出して以来、こんなに安らいだ気持ちになったのは初めてだ。

——もしかしたら、本当にこの人がぼくの〝運命の片翼〟かもしれない。十年前、故郷の森で出会ったあの少年……。

ふいにそんな考えが浮かんだ。だって、こんなにも気持ちいい理由なんて、他にない。

ルルは蜜壺に頭を突っ込んだまま、うとうとと粘り気の増した瞬きを何度かくり返し、そのまま眠りに落ちてしまった。


次にちゃんと目覚めるまでの間、二回か三回ほど——もしかしたら四回か五回だったかもしれない——揺り起こされて、寝惚《ねぼ》け眼《まなこ》のまま乳で溶いた蜜を飲ませてもらった。男は丸味のある細長い匙《さじ》で掬《すく》って、嘴に注ぎこんでくれたのだ。何度も何度も。

腹が満ちるたび、腹とは別の場所も満ちていく気がした。ルルは自分がどんどん元気になるのがわかって嬉しくなった。護樹が授けてくれる滋養以外で、こんなにも心身ともに満ち足りた状態になる理由はただひとつ。

——やっぱり、きっと、絶対に、間違いない。

この人は僕の〝運命の片翼〟だ！

ルルは再び温かな湯に自分を浸し、絡まった毛の塊を指先で熱心に解《ほぐ》そうとしている男の顔を食い入るように見つめ、そこにあの日の少年の面影を探しながら、そう確信した。

「——……っ！」

「目が覚めたのか？　おっと、暴れるな。もうちょっとだけおとなしくしててくれ。ここの絡んだ毛玉がきれいになれば——」

脚の付け根から尻まわりにかけて、敏感な場所を大きな手で撫でられ——他意がないのはわかるけど——危うい場所を指先でごそごそとまさぐられて、ルルはくすぐったさに身をよじった。

「…っ！　……ッ‼」

思わず振りまわした両手——翼——でバシャバシャと湯面を叩くと、あたりに飛沫《しぶき》が盛大に飛び散った。そのたびに男が濡《ぬ》れてゆくのがわかったけれど、あらぬ場所を指でぐりぐり刺激されるので、ルルも必死だ。

男は、本能的に逃げ出そうとするルルの身体を大きな手のひらでそっと押さえつけ、頑固な毛玉を湯の中で解きほぐし、絡みついていた汚れをきれいさっぱり濯ぎ終わるまで、決してあきらめようとしなかった。そして、ようやく満足するまで洗い終わるとルルを抱き上げ、指の腹で小さな頭をそっと撫でて言い聞かせた。

「嫌な思いをさせてすまなかった。汚いままだと、そこから病気になったりするから」

人の身体でいうなら尻穴のあたりをぐりぐりとさんざん指で探られたことになったルルが、

目を据《す》わらせて男の指にパクリと噛みつくと――もちろん甘噛み程度に加減した。加減しなくても弱り切っていたルルの嘴にはほとんど力がなく、思いきり噛みついたところで、蚯蚓腫《みみずば》れすら残すのは無理だったけれど――男は申し訳なさそうに眉尻を下げて謝りながら、乾いた清潔な厚布でルルを包んで、焚き火の側に置いてくれた。

そうして、ルルはようやく自分がいる場所をしっかり観察することができた。

どうやら今自分がいるのは、まばらな木々が生えた森の外れのようだ。半分枯れた草地に、大小の岩が半分埋まっている。あたりは薄暗く、頭上を見上げると葉のない梢の向こうに濃い紺色の空が広がっていて、小さな星がいくつか瞬いている。

夕暮れなのか早朝なのか見分けがつかない空から地上に視線を戻し、辺りを見まわしたとき、背後でくしゃみの音がした。ふり返ると、男が濡れた服を素早く脱ぎ、乾いた服に着替えるところだった。

「……――」

ルルはなんだか申し訳なくなり、厚布の窪みから身を乗り出して『濡らしてしまってごめんなさい』と謝ったが、声が出ないので伝わらなかった。

ルルの謝罪に気づかないまま、男は濡れた髪を脱いだ服の乾いた部分で拭きながらルルの――焚き火の――側に戻ってくると、やわらかそうな梢を敷き重ねた即席の椅子に座り、ルルの頭を無造作に撫でた。その一連の動作があまりに自然だったので、男が普段から動物を慈しむ性質《たち》なのだとわかった。

ルルはもう一度『助けてくれてありがとう』と礼を言ったが、声が出ないので、ただ虚空に向けて嘴をカパッと開けただけの間抜けな姿になった。たぶんそれが、餌を求めて嘴を開けた雛鳥みたいに見えたのだろう。

男は得心顔でうなずいて、脇に置いてあった袋から手慣れた様子で蜜壺と乾果、干し肉、干し野菜、煎《い》り麦粉などを取り出した。

男の視線を追って焚き火のほうを見ると、手頃な大きさの石を積んで作った簡易の竈《かまど》に、妙に大きくて平べったい鍋が掛けてある。鍋の中には湯が煮立っていて、そこから少し離れた場所に、さっきまでルルが身を浸していたと思しき、枝と大きな葉で器用に作られた即席の桶が見えた。耳を澄ませば、さほど遠くない場所に川があるのか、せせらぎの音が聞こえてくる。

「――……」

ルルはほかほかと湯気を立てている自分の身体を見下ろしてから、隣に座った男を見上げた。

ルルの汚れが気になるなら、川に直接浸して洗うことだってできたのだ。それをせず、わざわざ湯を沸かして湯浴《ゆあ》みをさせてくれた男の親切とやさしさに、改めて感謝がこみ上げる。

「…っ！　…っ！」

ルルはハクハクと口を開け、声が出ないのを承知で語りかけた。

ありがとう。助けてくれて。きれいにしてくれて。看病してくれて。温めてくれて。

ありがとう。頭を撫でてくれて。やさしい言葉をかけてくれて。

飛べない翼をハタハタと動かしながら懸命に言い募ると、男が気づいてルルを見た。

「わかった、わかった。腹が減ったんだな」

男は可愛《かわい》くて仕方ないと言いたげな笑みを浮かべてルルの頭をひと撫でおると、平べったい大鍋で沸かした湯を小さな器に取り分けてから、そのあたりで摘んできたらしい野草の根と葉、干し肉、茸《きのこ》、干し野菜、煎り麦を次々放り込んで蓋をした。

鍋の中身が煮えるのを待つ間、先ほど湯を取り分けた小さな器に、硬麵麭を砕き入れ、さらに木の実を石臼《いしうす》で挽《ひ》いたらしい粉と、乾果を小さく刻んで放り込み、よくかき混ぜた。胃が弱っているルルのために、消化に良いよう工夫してくれているのだとわかったが、正直、食欲をそそる献立には程遠い。

「すまないな。こんなものしかなくて。残念ながら蜜と乳は品切れだ。どこかで手に入るといいんだが――」

湯でふやかしてやわらかくなった麵麭と木の実の粉と乾果の混合粥を、匙で掬って味見をしてから、男はルルの口元まで運んでくれた。

「……――」

欲を言えば、麵麭は味のついた肉汁に浸して食べたいし、木の実の粉は乳――がなければ水――で捏《こ》ね、薄くのばして鉄板で焼いたものがいい。そして乾果はそのまま食べたい。

とはいえ、今はそれがとんでもない我が儘《わまま》だという自覚はあったので、ルルは文句を言わず素直に口を開いて男の親切を受け容れた。

「美味いか？」

「――…」

有り体に言えば、味は微妙だ。

ルルは半眼のままモグモグと咀嚼《そしゃく》してごくりと飲み込み、矢継ぎ早に運ばれてくる匙に向かって口を開け、どろりとした粥を飲み込んでいった。

ルルが腹一杯になるのを見計らって、男は自身の食事に取りかかった。

鍋の蓋を開けると、良い匂いがあたりに広がる。男は塩で味を調えると、それを器に盛ることなく、大きな匙で直接掬って食べはじめた。ときどき砕いた硬麵麭を浸しながら、黙々と平らげてゆく。見ているだけでも気持ちの良い食べっぷりだ。どろどろの粥で腹一杯になっていなかったら、ぜひ相伴に与《あずか》りたいところだったのに。そんなことを考えながら、男の顔と鍋を交互に見ているうちに、気がつけばコクリコクリと舟を漕《こ》ぎはじめていた。

「眠くなったのか。ほら、こっちにおいで」

やさしい声と一緒に手が伸びてきて、ルルは水気を取るための厚布の窪みから、ひょいと抱き上げられて男の懐にすっぽり収まった。

「――……っ！」

ルルは上着の袷《あわせ》から顔だけちょこんと出して男の顔をじっと見上げてから、もぞもぞと身動いで良い具合に身体を落ち着けると、ふぅ…とひと息吐いて目を閉じた。

「いい子だな」

笑みの気配が混じった声と一緒に、温かな手がルルの頭を撫でる。ふかふかとしたやわらかさを取り戻しつつある羽毛と、長い睫毛《まつげ》に縁取られたまぶたを。男の指先がやさしく触れてゆくたび、声をかけられるたび、やさしい眼差《まなざ》しで見つめられるたび、ルルは自分の身の内に豊かな〝滋味〟が注ぎ込まれるのを感じた。厳冬の最中に降りそそぐ陽射《ひざ》しのように暖かく、湯のようにやわらかく、花の香りのように魂を震わせて、ルルを養い生かしてくれる。

それはこの男が——ルルの〝運命の片翼〟が——与えてくれる恩寵だ。

そのお返しに、ルルは男を癒すことができる。今はまだ身体が衰弱しているせいできちんと力が発揮できないけれど、元気になればきっとできる。

『だから、待っていて。僕が元気になったら、あなたの顔にあるその傷痕も、足にできた靴擦れも、手指にある小さな切り傷も、全部癒してあげられるから』

ルルは心で語りかけながら、安らぎと希望に満ちた眠りに落ちた。

次の日。

道なき原野を踏破している途中、男が突然方向を変えた。歩きやすい平地ではなく足場の悪い岩山に分け入り、ふぅふぅと息を上げながら上ってゆく。懐の中でうとうとしていたルルが目を開けると、男が岩山で暮らしている野生の毛長山羊《やぎ》の群れに近づいて、何やら小声で懇願しているところだった。

「――少しだけでいいから乳を分けてくれないか。この子に飲ませてやりたいんだ。ひどく腹を空かせて弱っている。少しでも滋養のあるものを与えてやりたい。どうか頼む」

両手を広げ、まるで対等な相手に申し入れるように、野の獣に向かって真剣に頼み込んでいる姿に驚いた。それから胸が熱くなり、少し遅れて手足と顔も熱くなる。

――この人は僕のために、わざわざこんな険しい山に登ってくれたんだ…。

故郷にあった温かい泡沫《あわ》温泉に浸《つ》かったときのような、細かい泡がしゅわしゅわと全身を包んでパチパチと鼻先で細かく弾けるような、陽だまりの中で溶ける蜜になってしまったような、甘くて芳醇《ほうじゅん》な何かで全身が満たされる。

感動のあまりぷるぷる身を震わせているルルを懐に入れたまま、男は何頭かの毛長山羊の足元にしゃがみ込んで少しずつ乳を搾らせてもらい、空の革袋を一杯に満たすと、ゆっくり立ち上がって礼を述べた。

「アルシェラタンのクラウス・ファルドが礼を言う。メサルティムの岩山に棲《す》む毛長山羊の一族に翼神の祝福がもたらされ、長く繁栄することを祈念する」

まるで王のように堂々とした身振りで、山羊の群れに祝福を与えた男が自ら名乗った瞬間、ルルは雷《いかずち》に打たれたように跳ね起きて、彼の懐から転げ落ちそうになった。

――アルシェラタンの、クラウス・ファルド……！

その名を忘れたことはない。

初めて出会った五歳のときから、繰り返し胸に刻み込んできた名前。

故郷から逃げ出して、死の恐怖と戦いながらたったひとりで外界を放浪している間、ただひとつの生きる縁《よすが》だった名前。その名を持つ男をずっと探していた。

――やっぱり！　あなたはあの時の少年だった。そして僕の〝運命の片翼〟で間違いない！

本当は、もしも別人だったらどうしよう…。そんな不安が少しだけあった。でも、それもこうして吹き飛んだ。

やはり自分の直感が正しかったのだと、ルルはクラウスの懐で身を震わせた。

嬉しくて、幸せで。

もしも声が出せていたら、声高らかに囀っていただろう。

聖なる天の神々よ、この導きに感謝します、と。喜びのあまり懐から身を乗り出して、飛べない翼をバタバタと羽ばたかせると、ついに勢いあまって転げ落ちてしまった。

「おい！　大丈夫か？」

頭上から少し焦った声が降ってくる。ルルはそれに答える代わりに、尻から落ちた岩の上でくるりと一回転してみせた。

「どうした？　毛長山羊の乳が飲めるのがそんなに嬉しいのか？」

——違う！　もちろん毛長山羊の乳も嬉しいけど。でも、今なら空も飛べそうなくらいのこの喜びは、あなたに逢《あ》えたからだよ。

ルルが羽毛に包まれた飛べない翼を精いっぱい広げて、その場でぴょんぴょん飛び跳ねてみせると、クラウスが笑いながら抱き上げてくれた。

「よしよし。おまえは本当に可愛いな。もう少し待ってろ。今夜は久しぶりにご馳走《ちそう》を振る舞ってやるから」

クラウスはそう言いながら颯爽《さっそう》と身をひるがえして、岩山を下りた。そして次に穴蜂の巣を見つけて蜂蜜を手に入れると、山羊の乳に混ぜてルルに飲ませ、残りは煮詰めて甘い乾酪のような菓子にして、やはりすべてルルに与えてくれたのだった。


「おはよう、今日の調子はどうだ——」

次に目を覚ましたとき、クラウスはルルの額に自分の額をくっつけてから少し考え込んだ。

「……やっぱり名前がないと不便だな」

ルルはクワッと嘴を開け『ぼくの名前はルル！』と高らかに名乗りを挙げたが、男の目にはカッカッと開閉させたようにしか見えなかった。

クラウスはやさしく微笑んでルルの喉元を指先でくすぐり、思案気に首を傾げる。

「――ステラというのはどうだ？」

　素敵な響きだし、意味もよさそうだし、何よりクラウスがつけてくれた名前だと思えば嬉しかったが、ルルはきちんと自分の名を呼んで欲しいと思った。だから黙って明後日の方向を向くと、クラウスは「うーん」と考え込み、何やらひとつずつ区切って音を発しはじめた。

「ア？」「エ？」「オ？」といった具合に。

　ルルを懐に抱えて早春の道無き原野を長い脚で踏破しながら、気長にゆったりと、低くて張りのあるやさしい声で音を訊《たず》ねてゆく。やがて何十個目かに「ル？」と訊《き》かれて、ルルはクラウスの懐でぴょこんと飛び跳ねた。

「ル？」

　ぴょんぴょん。

「そうか。一文字目は『ル』だな」

　嬉しくなって上着の袷から身を乗り出し、落っこちかけて両手で抱きとめられた。

「よしよし。ほら、あんまりはしゃぐと落ちるぞ。じゃあ二文字目を見つけよう」

　クラウスは両手で抱き上げたルルに頬ずりしてから懐にしっかり収め直し、再び最初の「ア」から音を発しはじめた。

　長閑《のどか》で気長な名前探しは二度目の『ル』にたどりつくまで続けられ、クラウスはようやくルルの名を知って、「ルル」と甘い声で呼んでくれるようになった。

風が吹いて野の花が揺れる。

空の高い場所で雲雀《ひばり》が優雅に翼を広げて鳴いている。足元には、枯れ草の間から伸びはじめた若芽の緑。遠くを見やれば、起伏に富んだ草原と森が入り交じった大地がどこまでも続き、紫色にかすんだ地平の彼方《かなた》に雪を頂いた峻《しゅん》厳《げん》な山脈が横たわっている。そこから視線を中天に上げると浮島が陽射しをさえぎることなく、半分空に融《と》け込むように浮かんでいるのが見えた。

ルルの遠い祖先が暮らしていたという天の浮島。今はもう誰も住んでいないと言うけれど、それを実際に見た人はいない。すべては言い伝え。神話という名のお伽話《とぎばなし》だ。

ルルは天から地上に視線を戻した。どこまでも続く広い大地に、どれだけ目を凝らしても人家人煙は見当たらない。代わりに野生の馬の群がゆっくり横切ってゆく。遠くの岩山の陰には、やはり野生の毛長山羊の姿が見え隠れしている。世界の広さと美しさに、ルルは初めて気づいたような気がして目を瞠り、クラウスの懐の中から眼前に広がる景色を眺めた。

比喩ではなく、空や大地が輝いて見える。

ルルはそのまま懐から身を乗り出すと、落ちないように気をつけながら上着に爪をかけてよじ登り、大きな男の広くてがっしりとした肩にちょこんと陣取った。

「なんだ。懐の中だと暑くなったのか？」

ルルはカツンと嘴を開閉して音を立てた。「否」という意味だ。「是」というときはカツンカツンと二回立てる。それが、名前探しの中で、いつの間にかふたりの間に生まれた約束事だった。

「違うのか。じゃあ、少しでも眺めの良い場所で景色を見たかったのか？」

カッカッ。

「そうか」

言葉と一緒に、温かな手のひらで撫でられて、ルルはクラウスの首筋に頭と顔をこすりつけて甘えた。さらに、伸ばしっぱなしで渦をまいている灰金色の髪を掻《か》き寄せて風避《よ》けにすると、巣穴よろしくそのまま丸くなった。

「寝惚《ねぼ》けて落ちるなよ」

クラウスが大らかに笑う。ルルは返事の代わりにクラウスの耳を甘噛みして、お返しに人さし指と中指と親指を使って嘴をくりくりと撫でてもらった。

クラウスとの旅はそんなふうに、おだやかで喜びに満ちたものとしてはじまった。

最初の数日間、ルルは昼間も夜もほとんど眠って過ごした。もちろんクラウスの懐中か肩の上でだ。目を覚ますのは食事とその後のひとときくらい。それでも日に日に起きていられる時間が長くなり、十日が過ぎる頃には、うとうとしつつも、日中は目を覚ましていられるようになった。

「おまえ、やっぱり少し大きくなったな」

ある日の夕暮れ前。野宿の準備をするためにルルを懐から出したクラウスが、両手で重さを量るよう眼前に掲げてつぶやいた。

「肉がついて重くなったっていうより、大きくなってるってことは――やっぱり今は雛で、これから成鳥になるのか？」

カツ。カツカツ。

「どっちだ」

――僕にもわからない。このまま鳥もどきの姿で大人になるのか。それとも人の姿に戻れるのか。一族の言い伝えでは〝運命の片翼〟に出逢えた者は、かつて浮島で暮らしていたときの姿――翼神としての本性――を取り戻すことができると言われていたけれど。その『本性』がどんな姿なのか知っている者は、遠い昔に死に絶えて伝わっていない。

「まあいいか。大きくなるなら好きなだけ大きくなれ。飛べるようになれば、いろいろ役に立ちそうだし」

カッカッ！

ルルは希望に満ちた嘴音を高らかに立て、羽根の生えそろわない毛玉のような翼をバタバタと空羽ばたきさせた。

それから何日も、クラウスは道など見当たらない草原や森を踏み分けて進み、時々空を見上げたり、懐から何か小さな器のようなものを取りだしてじっと見つめ、進む方角を微妙に変えたりしていた。

　次にそれを取り出したとき手元をのぞき込んでみると、丸い玻璃《はり》が嵌まった金属の器だった。器のなかには何やら細かい模様がぐるりと規則正しく並んでいて、その上に先端が三角に尖《とが》った細長い金属の棒と、蛍のような小さな光がちらちら浮かんでいる。青白く光る小さな粒と金属の棒に見入りながら『これは何？』とルルが首を傾げると「方位盤だ」と教えてくれた。

「先に色がついてる金属の棒が方位…というのは要するに北と南のことだな。赤が南、黒が北を示している。それからこの青白い光は、俺の乳母が呪《まじな》いをかけて授けてくれた〝導きの灯《ともしび》〟だ。道に迷ったとき、行く先を示してくれるそうだ」

　——導きの灯？

「一応、この光が指し示す先に俺が捜している人がいる、ということらしいが……」

　——捜し人⁉

　ルルはガバリと立ち上がり、何やら考え込んでいるクラウスの顔面に、張りつく勢いで大きく嘴を開いた。

　それってもしかして僕のことじゃない⁉

　大声で叫びたいのに、嘴の開閉音だけがカッカッと虚《むな》しく響きわたる。

　ああもう！　どうして声が出ないんだろう。理由を追及しかけたとたん、すぅ…っと血の気が引いて目眩《めまい》に襲われる。ルルはあわてて頭をふり、湧き上がりかけた怖いものを追い払った。

その拍子に肩から落ちかけて、クラウスの両手で抱きとめてもらう。

「どうした、急に。腹でも減ったのか？」

「――……」

僕が何か反応すると『腹が減った』と思うのはどうかと思う。今の見た目は、ただの毛むくじゃらな鳥もどきだけど、元はそこそこ見目麗しい外見なのに。

そんな抗議の意を込めてルルが半眼で睨《にら》みつけると、クラウスはルルの頭を大雑把に撫でて、抗議などどこ吹く風とやり過ごした。

その日の夕食は、クラウスがどこからか掘り当ててきた野生の芋を擂《す》り下ろし、獣脂と塩と香辛料を加えて、例の大きな平べったい鍋で焼いたものに、薄く削《そ》いだ干し肉を挟んだもので、とても美味《おい》しかった。別の日には川で獲《と》った魚や、小弓で狩った野兎や小さな穴熊を手早く捌《さば》き、焙《あぶ》り焼きにしたものも惜しげなく与えられた。岩塩をふりかけ、香草で香りづけされた魚肉や獣肉はすこぶる美味で、ルルはつい食べ過ぎてしまい――欲しがるたびにクラウスが口に放り込んでくれたので――お腹を下してクラウスを心配させてしまった。また別の日に、クラウスは縞鶉《しまうずら》を見つけて矢を射かけたものの「……共食いになるのはまずいか」とつぶやいて弓を納めたことがあった。

ルルは自分の見た目が鳥もどきだということは承知していたが、本物の鳥だと思ったことはない。出されれば縞鶉の焙り肉も喜んで食べた。けれど彼の配慮に文句をつけるつもりもなかったので、丸々肥えた縞鶲が飛び去るのを見送ってから、草むらの陰で繁茂していた野苺《のいちご》を見つけてクラウスに知らせた。

肩の上から草むらに飛び降り、赤紫色の実が鈴生《すずな》りのひと房を嘴に銜《くわ》えて駆け戻る。バタバタと飛べない翼を空羽ばたきさせながら、足の爪をひっかけてクラウスの身体によじ登って野苺の房を見せると、クラウスは両手でルルの身体を抱きしめ、頭を撫でながら満面の笑みを浮かべて褒めてくれた。

「よく見つけたな。お前は目が良い」

「──……！」

ルルは音の出ない喉を震わせて、男の口元に摘んできた野苺を押しつけた。

「なんだ、先に俺にくれるのか？　見つけたお前が先に食べていいんだぞ」

ルルはふるふる…っと頭を振り──その拍子に銜えていた房から野苺が何粒か落ちてしまったが──自分が食べるより先に、クラウスの唇に艶やかで甘酸っぱい野の恵を差し出した。

クラウスは深くやさしい笑みを浮かべながら、そしてルルの身体を両手で抱えたまま、ルルの嘴に自分の唇を近づけ、そのまま野苺に食いついた。

クラウスの唇がルルの嘴に触れる。

その温かさと弾力。少しかさついた皮膚の感触に、ルルは身体の中で稲妻が走ったような衝撃を受けた。

全身がビリビリする。心臓がドクドク跳ねて痛くなる。飛べない翼が痺《しび》れたみたいに震えて熱くなり、息が苦しいのに、同時にふわふわした幸福感で目がまわる。どうして自分がそんな反応をするのか訳がわからないまま、ふらふら目をまわしていると、半分食べ終わったクラウスが残りの房から一粒実を銜え、ルルに向かって唇を突き出した。

「ほら、ルル。おまえも食べるんだ」

蜜より甘い声でそんなふうに言われたら、目をまわしてる場合じゃない。

「……ッ！　——……ッ！」

ルルは慎重に狙いを定め、唇の別の場所を突いたり噛んだりしないよう注意しながら、クラウスの唇から野苺を一粒ずつ口移ししてもらった。房から摘まんで食べるより、もっとずっと甘くて美味しくて、舌が溶けてしまうかと思った。

野宿のたびにクラウスが作ってくれる料理はどれも美味しく、口移しで与えられる果実や木の実は、ただ食べるより百倍素晴らしく感じるけれど、どんなに凄《すご》いご馳走より、ルルにとって一番の滋養はクラウス自身だった。

側にいるだけで身も心も満たされる。

声は艶やかで丸味を帯びて、聞いてるだけで癒される。吐息は新緑の森みたいな香りがするし、眼差しは夜空の星のように煌《きら》めいてルルの心を明るく照らしてくれる。やさしく逞しく抱きしめてくれる両手は、ルルが生まれて初めて味わう安心感と昂揚感《こうようかん》が同居した、不思議な魅力に満ちている。

どんなに美味で滋養に満ちた食事を与えられても、それだけでルルが健康を取り戻すのは不可能だっただろう。護樹から離れると長く生きられないルルたち一族にとって、食べ物は寿命が尽きる速度を少しだけゆるめる力しかない。けれどクラウスと一緒にいるだけで、食事を摂《と》るごとにルルは健康になり、羽毛に艶が戻りはじめていた。――そして。

クラウスに口移しで野苺を食べさせてもらった日の晩。

ルルは三年振りに、人の姿を取り戻した。

いつものようにクラウスの懐に抱かれて眠りに落ち、夢の中でクラウスに抱きついて、目が覚めたら人の姿で抱きついていた。

――あれ…？

妙に肌寒くて、もっと懐の奥へ身体を潜り込ませようとしたのに、なぜかどうしてもうまくいかない。もどかしく思いながらがさごそと身動いで目を開けると、全身をすっぽりと潜り込ませるには少々無理のある、けれど広くて温かそうな胸が静かに上下している。視線を上げると、眉間に深く皺《しわ》を刻んで眠っているクラウスの顔が見えた。

――…なんだか苦しそう。どこか痛いのかな？

心配になって思わず手を伸ばすと、月明かりに青白く浮かび上がった細い腕と、そこからすんなりと伸びる手指が目に入って驚く。

――え…⁉

とっさに両手を引き寄せて眼前に掲げて、手のひらと甲を確認し、そのまま視線を我が身に落としてようやく理解した。

――人の姿に、戻れた…⁉

季節は夏に向かって暖かさを増しているとはいえ、夜に裸で過ごすにはまだ早い。ルルは月明かりに痩せた我が身をかき抱きながらあたりを見まわし、クラウスが撥《は》ね除《の》けたらしい毛布を取り上げて裸身に巻きつけた。それから改めて、眠る男の顔をのぞき込む。

何か嫌な夢でも見ているのか、クラウスは苦しげに呻《うめ》きながら何かを探すように胸元をまさぐっている。毎日毎晩、ルルが潜り込んでいた場所だ。

――ぼくのこと、捜してる？

ルルは小首を傾げながら、胸元でさまよっているクラウスの手に自分の手を重ねてみた。

そのとたん、クラウスがほっとしたように眉間の皺をゆるめて何かつぶやいた。

「……ぁ……――さま」

――なに？　なんて言ったの？

聞き取ろうと口元に耳を寄せたとたん、そのまま抱き寄せられる。――違う。すがりつかれた、と言うほうが正しい。まるで、迷子の子供が親を見つけてしがみつき、安心してそのまま眠りに落ちたみたいだ。

ルルは反射的にクラウスを抱きしめ返し、前髪を唇でかき分けて額に唇接《くちづ》けた。風が花びらを撫でるようにそっとやさしく、静かに、何度も。小さくて頼りない手のひらで髪に触れながら。愛撫されるばかりだったこれまでとは逆に、彼の身体を抱きしめられることを喜びながら。

クラウスはまるで幼子のようにルルの胸元で深く息を吐くと、一度だけうっすらとまぶたを開けてルルを見た。そのままゆっくり手を伸ばしてルルの頬に触れると、夢見るような微笑みを浮かべる。そうしてルルを抱き寄せ直して何かつぶやくと、再び規則正しい寝息を立てはじめた。

――な…ん、だろう、今の……。

夜のせいだろうか。それとも相手が寝惚けていたせいだろうか。これまで見てきたのとはまるで違うクラウスの表情に、ルルの胸は温かく波打った。トクトクと脈打つ心臓のあたりから、泡立つ光の筋が身体中に伸びてじっとしていられない。ルルは気持ちが動くままに腕を伸ばし、クラウスの背中に手をまわして――大きすぎてまわりきらなかったけど――抱きしめた。

そのまま、苦しげだった先刻までとは打って変わって安らかな寝顔を見ながら、深く静かな寝息に聞き入るうちに眠くなってくる。

小さく欠伸《あくび》をして、ルルも目を閉じた。

明日、目を覚ましてぼくを見たら、クラウスきっと驚くだろうな――と思いながら。

◇ 変化《へんげ》

クラウスは夢うつつに、自分の髪をやさしく撫で、そっと頬に触れる指先の温かさを感じていた。胸が疼《うず》くような懐かしさは、幼い頃、母の腕に抱かれたときのことを思い出す。

すべての不安や悲しみが解けて流れて消えてゆくような、やすらぎと愛《いと》おしさ。

それは二度と取り戻すことができない、大切な、母と過ごした日々の記憶に似ている――。

母は太陽のような人だった。少なくとも、クラウスが幼い頃はそうだった。

クラウスが生まれる前から母を知る人によれば、父と結婚する前はもっと破天荒で大らかで、何事にも物怖《ものお》じしない勇気を持った女性だったという。

結婚前の母を知る別の人の話によれば、母を死に追いやった病気の原因は父にあったという。――正確には、父との結婚とそれによって生じた周囲との軋轢《あつれき》と労苦が、結果的に母を死に追いやったと。

クラウスの父は、国で最も富と権力を持つ家の嫡男として生まれた。家系図を遡れば軽く千年前の先祖にたどりつくほどの名家で、冠婚葬祭、季節の催しなど、さまざまな行事にかこつけて口出しする親類縁者も多い。親族以外にもさまざまな要望を押しつけてくる者たちが、掃いて捨てるほどいる。代々の当主が娶《めと》る妻はそれなりの格式と家柄、血筋の良さが最低条件で、性格や美醜、ましてや当人同士の相性などは二の次というのが当たり前だった。

そんな家柄に生まれた父が二世を契る相手として選んだ母は、父とは真逆。遡れる家系図など一代分もない孤児院育ち。一介の庶民だった。そんなふたりが運命的な恋に落ち、周囲の反対を押し切って――押し切ったのは父だ。母は何度も求婚を断ろうとしたらしい――結婚して、クラウスが生まれた。

クラウスが覚えている母は、いつも笑顔で機嫌がよかった。陽気で楽観的で、中傷されても根に持たず、叱責されても卑屈になることなく、理路整然と理由を説明して釈明し、それでも自分が悪いとわかれば素直に謝罪して、あとはケロリと気分を切り替え、常に物事の良い面に意識を傾けるような女性だった。

そんな母を妻に娶った父は、彼女といるときだけは表情を和らげ、心の底から安らぎを感じているようだった。しかし、妻と過ごす時間以外は常に気難しい顔をして、この世の苦悩をすべて背負い込まされた理不尽に呻吟《しんぎん》しているように見えた。無理もない。クラウスが物心つく前から、父は謂《い》われのない誹謗《ひぼう》中傷に苦しんでいたのだ。何をやっても悪く取られ、揚げ足を取られ続けていた。結婚してからは、そうした中傷が最愛の妻にも向けられるようになり、それが父の苦悩を一層深めていたようだった。

父や母について繰り返し拡散される中傷や、根も葉もない悪辣な噂《うわさ》の出所は、巧妙に秘されていたが、父はある程度目星をつけていたらしい。ただし証拠はない。だから犯人を告発したくてもできなかった。捕まえて止めさせようとしても、影に縄をかけるようなもの。実体をつかもうとしても触れることもできず、追いかけてもするりと闇に紛れて消えてしまう。ならばと、父を中傷したり根拠のない悪口を言った者を捕縛して罰を与えようとすると、それすら新たな誹謗の種となり、父の評判は落ちる一方だった。

確かに父は愛想が悪く、いつも不機嫌そうな顔をしていた。相手の心を開いて油断させるために、心にもない世事や甘言など口にできない男だった。その代わり、これはと見込んで信を置いた相手にはまっすぐな称賛を惜しまず、嘘をついたり誤魔化したりしない誠実な男だった。そんな人間だからこそ、母は天と地ほど離れた身分差という困難を乗り越えて求婚を受け容れたのだし、父の本質をよく知る近しい者たちは、こよなく父を愛して支え続けた。

不器用だが誠実な父。そんな父を執拗《しつよう》に誹謗中傷して、評判を落とすことに腐心する悪意ある大人たち。それらを撥ね除けて父を信頼し、愛し続けた母と、比類ない忠誠心で父を支えた忠臣たち。クラウスは、そういう環境で育った。

だから、人が簡単に嘘をつくことを知っている。本人のことを知りもしないのに、根も葉もない噂を——嘘を、簡単に信じてしまう人間が多いことも。

そして同時に、人を信頼し、信頼される尊さも知っていた。疑う必要のない相手との交流が、どれだけ心に安らぎと豊かさを与えてくれるか。クラウスは主に母からそれを教えられた。

『根も葉もない噂を信じて人を判断しては駄目よ』

常に物事の良い面に意識を向けようとしていた母の薫陶《くんとう》によって、幼少期のクラウスは性善説で世界を見ていた。生まれつき楽観的で愛想が良く素直で開放的な性格だったこともあり、母の庇護を通して接する世界は安全で、充分信頼に足るものに思えたのだった。

それが崩れはじめたのは十歳のとき。母が病で亡くなり、嘆きのあまり猜疑心《さいぎしん》の塊になった父が、まるで呪詛《じゅそ》のように『無闇に人を信じるな。すべてを疑ってかかれ』と繰り返し言い募りはじめたからだ。

父は、まるで自分が他人を信じたせいで母が死んでしまったかのように、世界の全てを疑うようになった。クラウスが親しく接していた人々にも詮議が及び、そのうちの何人かは遠ざけられて二度と会えなくなった。その中に、幼い頃から仲良く遊んでいた友人が含まれていたために、クラウスは父を疎むようになる。やがて思春期にさしかかると、鬱陶しさは男親に対する反発と反抗という形に膨れて、弾けた。

クラウスは父の忠告――という名の呪詛――を無視してある人物の接近を許し、親交を深めた。クラウスと同い年だったその少年は、初対面のときからクラウスに親愛の情を示し、誠実な態度で友情を育もうとしてくれた。聡明《そうめい》で笑顔に影がなく、人を惹《ひ》きつける磁力のようなものを持つ少年と、互いに嘘はつかないと誓い合い、秘密を打ち明け合う仲になるのに、さほど時間はかからなかった。

その結果が、十五の歳《とし》に参加した〝祝祭〟で受けた襲撃だ。

両眼を刃で一文字に切り裂かれ、胸に毒矢を受けて、危うく命を落としかけ――あの幼子《おさなご》の癒しの力がなければ間違いなく死んでいた――クラウスはようやく父の気持ちを理解した。

『簡単に人を信じるな』『どれほど誠実そうに振る舞っていても、耳に麗しい美言を注がれても、油断してはならない』『全てを疑え』『笑顔で近づく者は暗殺者だと思え』

醜い猜疑心の塊だと疎んだ父の言葉の真意も。自分が死にかけて、初めて思い知った。

あの〝祝祭〟の日に襲撃――暗殺――の手引きをしたのは、クラウスと秘密を打ち明け合い、嘘はつかないと誓い合ったあの親友だった。彼は最初から、クラウスの命を奪うことを目的に近づいてきたのだ。それを見抜けなかった己の見る目の無さと、父の忠告に耳を貸さなかった愚かさに、クラウスの自尊心は深く傷ついた。他ならぬ自分自身の悔恨によって。

胸に深く穿《うが》たれた自己嫌悪という傷は、肉体の傷が跡形もなく癒えたあともクラウスの心に影を落とし続けている。

母ゆずりの天真爛漫《らんまん》さと性善説を旨《むね》とした無邪気な少年《クラウス》は、あの日に死んだ。

大人になったクラウスは、もっとずっと慎重で疑い深くなり、人の善意よりもその裏にある真の望みに注意を払うようになった。人の言葉を素直に信頼できない生き方に、ときどき胸が軋《きし》むような寂しさを覚えることはあったけれど、それもやがて慣れた。己の立場で無闇に人を信じて心を開くことは、自分のみならず周囲にも危険が及ぶ行為だと、今は理解している。

ただ、いつの日か、父が母を見つけたように、心の全てを晒せる相手とめぐり逢いたいと秘《ひそ》かに願っている。疑うことも言葉の裏を読む必要もない、己の信頼を捧げられる相手にめぐり逢えたら――。

ときおり胸を疼《うず》かせるこの寂しさと孤独も、消えてなくなるかもしれない。

多くの人間に傅かれ、同じくらい多くの人間に恨まれて憎まれて、挙げ句の果てに身ひとつで人捜しの旅に出ざるを得なかった己の立場に溜息《ためいき》を吐きながら、うっすらと眠りの底から浮上して目を開けると、淡い月明かりを身にまとった精霊が自分をのぞき込んでいるのが見えた。

――なんだ、目が覚めたと思ったのに、まだ夢の中か……。

少年とも少女とも見分けがつかない年若い姿の精霊は、慈愛に満ちた表情でクラウスの髪に細い指を絡めてしずかに梳《くしけず》り、そのまま額に触れ、頰をたどって再び髪を梳《す》きはじめる。

その動きと触れた指先の温かさに、母の豊かな愛情に包まれていた幼い頃の記憶と感覚がよみがえる。

――ああ…そうだ。俺はこの子をずっと捜していたんだ……。

見つけた。ここにいたのか。

安堵の吐息とともに目を閉じると、無意識のうちに胸元をまさぐっていた手に、精霊の小さく温かな手が重なるのを感じる。

クラウスは深い喜びと充足感とともに、夢のなかで再び眠りに落ちた。

翌朝。目を覚ますと、喉と顎の間にすっぽり嵌まる形で、黒い毛玉《ルル》がすよすよと寝息を立てていた。ふくふくと上下している羽毛が、顎の先を温かくくすぐっている。

——どうりで、昨夜…変な夢を見たわけだ。

夢の内容はほとんど覚えていないけれど、薫風に包まれたような幸福感だけは残っている。気道を圧迫するやわらかな重みにわずかな息苦しさを感じつつ、それとは比べものにならない大きな愛しさが湧き上がって自分でも驚く。苦笑しながら、喉元の毛玉をどかそうと手を当てると、逆に身体を押しつけられて笑ってしまう。

「ルル。朝だぞ、起きろ」

声をかけながら、頭なのか尻なのか判然としないもこもこの黒い羽毛玉を押しやった瞬間、目を覚まして脚を伸ばしたルルに喉仏を踏みつけられ「ぐぇっ」と変な声が出る。驚いたルルが手の中からぴょんと飛びだして胸元を転がり落ち、下腹のあたりでちょこんと起き上がる。それから心配そうにクラウスの顔を見上げてハタハタと飛べない翼を羽ばたかせた。

「大丈夫だ。心配ない。それよりおまえは大丈夫か？」

ルルは驚いたように目を丸くして、キョロキョロと視線を泳がせ、自分を見下ろし、それからクラウスを見上げて再びハタハタと翼を羽ばたかせたあと、なぜかしょんぼりと項垂《うなだ》れた。

＊＊＊

せっかく人の姿に戻れたと思ったのに、朝になったら鳥の姿に戻っていた。

ルルはがっかりと安堵が半々の気持ちを持て余しながら、定位置の肩に留まったり、温かな懐の中で眠り込んでその日を過ごした。すんなり伸びた少年の腕でクラウスを抱きしめられないのは残念だけど、小さな鳥の姿で彼の両手に包まれたり、もしゃもしゃの淡い金髪に身を埋《うず》めたり、唇に嘴を寄せるたびに『ちゅっ』と唇接けを返してもらえるのは楽しい。

数日後。夕食のとき、クラウスが食べていた蛇鳥《へびどり》の焙り焼きがあまりにも美味しそうだったので、肩口に留まって嘴を開けたら、小さな一欠片《ひとかけら》を口移ししてもらえた。

その日の深夜。

ルルは再び人の姿で目覚めた。そして数日前と同じように、眉間に皺を寄せて眠るクラウスを抱きしめて過ごした。

その夜のクラウスは前回よりも苦しげで、辛い夢でも見ているのか、何度も聞き取れない言葉をつぶやいて煩悶《はんもん》を繰り返す。ルルはうなされる彼を揺り起こす代わりに抱きしめて、サラサラと髪を梳り、額を撫で、頬を撫でた。『大丈夫、ぼくが側にいるよ』と心の中で励ましながら、鳥の姿のときにしているように唇で彼の唇に触れる。

嘴で触れるときよりやわらかく感じるクラウスの唇に、何度も自分のそれをそっと押しつけたとたん、胸にピンと張った銀糸のような疼きが閃《ひらめ》く。走ったわけでもないのにドキドキと胸が高鳴って、頬が熱くなる。同時に奇妙なうしろめたさが湧き上がり、あわてて顔を上げると、クラウスはさっきまでの苦しげな表情とはちがう、どこか悲しげな、まるで親とはぐれた子供のような表情を浮かべていた。その目元に涙が滲んでいる。そして指先は、何かを探すように敷布代わりの外套の上をさまよっていた。

「——…っ」

ルルはたまらなくなって、クラウスの頭をそっとかき抱き、指先で滲んだ涙をやさしくぬぐった。本当は唇接けて吸い取ってあげたかったけれど、万が一クラウスが目を覚ましたときの言い訳が思いつかなかった。たとえ思いついたとしても、きちんと伝える術がない。

同意もないまま、寝ている人に唇接けても許してもらえる年齢を超えている自覚はある。鳥の姿のときはただ嬉しいだけだったのに、人の姿になったとたん、どうして唇接けるのがこんなにうしろめたいんだろう……。

指先でぬぐったクラウスの涙は、ルルが口元に運ぶ前に乾いて消えてしまった。

それを惜しく思いながら、次第に深く安らかになってゆくクラウスの表情と寝息に誘われて、ルルもいつしか眠りに落ちていた。そして翌朝目が覚めると、やっぱり鳥の姿に戻っていた。

それからさらに数日後。

ルルはまたしても肌寒さで夜中に目を覚まし、自分が人の姿になっていることに気づいた。三度目ともなると驚きはなく、夢うつつにさっきまで丸く収まっていた温かな懐に戻ろうと手を伸ばした。たぶんまだ寝惚けていたのだろう、頭では半分無理だと理解しながら、なんとか潜り込もうとクラウスの胸元にぐりぐりと頭をこすりつける。

その動きが大胆すぎたのか、頭上で小さく息を飲む気配がして、同時に肩をつかまれて胸元から引き離された。さすがに目が覚めて顔を上げると、月明かりに照らされたクラウスが驚きに目を丸くして自分を見返していた。

「だ――……れ、だ？　お前は――」

かすれた声で問い質《ただ》されて、ルルは素っ裸の我が身を見下ろした。そうして状況を理解すると『人間に戻ったんだ』と説明するために両手を広げながら、もう一度クラウスを見つめて、盛大なくしゃみをした。

「――……シュッ！」

声は出ない。呼気の音だけのくしゃみをして、垂れてきた鼻水をすすり上げたとたん、それまで呆然《ぼうぜん》としていたクラウスが、我に返ったようにあわてて上掛けにしていた外套を持ち上げ、ルルをくるりと包んでくれた。そうしながらも、訝《いぶか》しそうな声で、

「――まさかとは思うが、もしかして、お前……ルルか…？」

そんなはずはないと言いたげな戸惑い混じりの声に、ルルは勢いよくうなずいてみせた。

——うん！

「ルルなのか……！」

もう一度コクリとうなずいてから、口を開けパクパクと二度開閉してみせた。嘴ではないので派手な音はしないけれど、ふたりの間で取り決めた約束は伝わったはずだ。

嘴を二度開閉したら「是」という意味。

「ルル——おまえ、鳥じゃなかったのか…」

パク。パクパク。

——僕にもよくわからない。

言いたいことを理解したのか、クラウスはしみじみとルルを見ながら、

「最近、妙に大きくなってきたとは思ったが、——まさか人間になるとは思わなかった。いや、元々人間だったのに、何か事情があって鳥になっていたのか？」

パクパク。コクン。

「どうりで、言葉がよく通じてたわけだ」

そうつぶやきながら、まだ少し呆然としているクラウスに、ルルは遠慮なく抱きついた。

——クラウス！

声は出ない。唇の動きだけで名を呼んで、すりすりと頬を胸元にこすりつける。ようやく気づいてもらえた嬉しさと、今夜はクラウスがうなされていないことに安堵して。

その意図をクラウスは少し誤解した。

「……ああ、そうだな。そんな格好のままじゃ寒くて風邪をひく。ちょっと待っていろ」

ルルを包んだ外套をしっかり首元まで巻き直してから、クラウスは枕にしていた荷袋をごそごそとあさり、中から肌着と中着を取り出した。下穿《したば》きの替わりに細長い手巾の端を細く破いて紐《ひも》状にして、器用にルルの股間を覆ってから、肌着と中着を着せてくれた。どちらも体格の良いクラウスのものなので、ルルがふたり入りそうなほどぶかぶかだ。それも、首まわりと腰をクラウスが別の紐で手早く括《くく》ってくれたので、とりあえず晩春とはいえまだ寒さの残る夜気を遮ることはできた。クラウスはその格好のルルを抱き寄せると、上掛け代わりの外套を改めて被《かぶ》り、寝直す体勢に入る。

「寒くないか?」

ルルは「パク」と唇を開閉させてから、ふるふるっと首を横に振った。クラウスは無言でルルを抱え直してから、ふぅ…と息を吐いて目を閉じた。

「人の姿になっても、声は出ないんだな」

コクリ。

「そうか。確かめたいことは他にもあるが、まだ夜中だ。とりあえず今夜は寝よう…」

そう言いながら、抱きしめた背中をやさしく撫でてくれたので、ルルも安心して目を閉じた。

そして、次に目を開けたときには朝になっていた。

◇　旅の行方

ルルが手足を伸ばし大きな欠伸《あくび》をしながら起き上がると、クラウスは何か言いたげな表情でこちらをじっと見つめ、小声で「新しい服がいるな」とつぶやいた。それからルルの寝乱れてくしゃくしゃになってしまった服を、手早く直してくれた。そのあといつもと変わらない態度で朝食を用意してルルに食べさせると、荷袋の中から古びているけれど丈夫そうな羊皮紙を取りだして、随分長い間見入っていた。

鳥の姿のときのように肩に乗るわけにはいかないので、隣にぴたりと張りついて手元をのぞき込むと、何やらぐねぐねとした線や模様が書き込まれている。

「これは地図だ」

視線は地図上に落としたまま、ルルの疑問を察してクラウスが教えてくれた。

——これが地図？　ずいぶんと大雑把だけど、こんなのでちゃんと位置がわかるの？

ルルの故郷にあった地図はもっと大きく美しく、精緻きわまりなかった。細部に見入ると、まるで実際にその場に行ったかのように街並みや風景が見えるので、護樹の範囲から長く離れられないルルたち一族にとって、地図を眺めて過ごすのは人気のある娯楽のひとつだった。それに比べたら、今クラウスが手にしているものは幼児の落書きに等しい。

ルルは首を傾《かし》げたが、クラウスは気づかなかったようだ。大雑把きわまりない地図と、荷袋から取りだした方位盤を見くらべて、何やら道筋の確認をするのに必死だったからだ。野宿の後始末をしてから出発したあとも、これまでとは違って頻繁に地図を見たり方角を確認しながら進んだ理由は、数日後に判明した。

「見えるかルル。これからあの街に入る」

ゆるやかだが広く長い傾斜がいくつも連なる丘陵地帯の合間にある、遠目にも大きく見える立派な集落を指さしてクラウスが告げた。

鳥の姿のときはクラウスの懐に収まったり、肩に乗ったりしていたので苦もなく旅を楽しんでいたのに、人の姿になったとたん自分の足で歩かなければならなくなったルルは——クラウスが大幅に歩調をゆるめてくれたにもかかわらず——ゼイハアと息を切らしながら顔を上げた。

——街…⁉

その言葉を聞いた瞬間、凶兆をもたらす害獣として散々酷《ひど》い目に遭った記憶がよみがえり不安がこみ上げた。けれどすぐに、クラウスが一緒なら大丈夫だと思い直す。ルルはクラウスにぴたりとくっついて、離れたりはぐれたりしないように服の裾をにぎりしめた。その行動を見て理由を察したのだろう。クラウスは微笑《ほほえ》みながら、不安を拭いさるようにルルの頭を撫《な》でてくれた。それからおもむろに布を取り出し、傷痕のある左目の上に布を巻いて目立たないよう前髪を垂らしたので、ルルはびっくりして思わずじっと見つめてしまった。

──急にどうしたの⁉　傷痕が痛むの⁉

「ああ、これか。初めての街や村に立ち寄るときは用心のために隠してるんだ。変な病気だと騒がれると面倒臭いことになるからな」

ということは、過去にそういった扱いを受けたり、騒動に巻き込まれたことがあるということだ。ルルはクラウスの前に立ち、精いっぱい両手を伸ばした。

「どうした？」

気づいてクラウスが腰を屈《かが》めてくれたので、ルルは爪先立ってクラウスの首に両腕をまわし、吐息が触れ合うほど顔を近づけると、布の上から傷痕にそっと唇を押し当てた。

「……！」

クラウスがハッと息を飲む音が聞こえる。同時に身体《からだ》を押し退《の》けられそうになったので、ルルはなおさら力を込めてしがみつき、クラウスの鼻や頬、そして唇の端にも唇接《くちづ》けた。

ルルを押し退けようとしたクラウスの力がゆるむ。それに勇気を得て、ルルは巻かれたばかりの布を押し上げ、傷痕に直接唇を押し当てた。一度、二度。唇に当たるザラザラした感触から、この傷ができた当時の深さと痛みが伝わってくる。

──きっとすごく痛かったよね。僕がその場にいたら、すぐに癒してあげられたのに。

そう思いながら三度目の唇接けをしたところで、ポンポンと背を撫でられて顔を上げると「ルル」と、困ったような、驚いたような表情で名を呼ばれた。

「ルル。おまえはこの傷痕が…怖くないのか？　醜いと思わないのか？」

──そんなこと、思うわけない！

ルルが力まかせにぶんぶんと首を横に振ると、クラウスはさっきとは違う表情を浮かべて苦笑した。何か眩《まぶ》しいものでも見たような、水が目に沁《し》みたときみたいな不思議な表情だ。

「ありがとう」

言ってから、クラウスは何かに気づいたように傷痕に指先を当て、ルルを見て微笑んだ。

「──不思議だな。実はこの傷、治ってからもすぐに皹割《ひびわ》れができて、チリチリ痛んで鬱陶しかったんだ。だけど今、ルルが触ったとたんそれがなくなった」

──そうでしょ！　だって僕には癒しの力があるし、あなたは僕の〝運命の片翼〟だから、痛みが引いて当たり前だよ。

ルルはハクハクと必死に声の出ない口で訴えたけれど、クラウスに真実は伝わらない。

それでも、彼の苦しみが減るなら構わなかった。痛みが減って心が安らいでくれたら、それだけでルルも嬉《うれ》しくなる。

クラウスはやわらかな笑みを浮かべてルルの頭をひと撫でしてから、改めて左目と頰を布で覆い、街に足を踏み入れた。そこはいくつかの街道が交わる場所で、隊商宿や鍛冶屋だけでなく武器、衣服、貴金属、両替、食糧、牛馬、驢馬《ろば》、馬車など、旅に必要なものはほとんどなんでも買うことができるらしい。クラウスはまず、ルルのための衣服や靴など旅装一式を整えてくれた。この先ルルが成長して手足が伸びても困らないようにと、身幅と裾に余裕のある大きめの上着と脚衣を選んで与えながら、

「おまえの年頃は、一日ごとににょきにょき手足が伸びるからな」

クラウスはそう言って、長い裾と袖を折り返して着込むのを手伝ってくれる。手のひら一枚分ほどもある折り返しと、自分より頭ふたつ分近く大きなクラウスを交互に見比べたルルが、彼と肩を並べるほど背が伸びた未来の自分を思い浮かべてにっこり微笑み、ぴょんと跳びはねて『ありがとう』と声の出ない口の動きで感謝を示すと、クラウスは再びルルの頭を撫でて「似合ってる」と褒めてくれた。

衣料店を出たクラウスが次に何か探しはじめたので、ルルははぐれないよう彼の服の裾をつかんであとに続く。街路は遠目に見た印象より入り組んでいる。けれどクラウスは誰にも訊《たず》ねることなく、ときどきわずかに歩調をゆるめて周囲を見まわすだけで、迷うことなく進む道を決めている。自分なら人に道を訊ねたあとでも迷いそうなのに、やっぱりクラウスはすごいと思いながら、ルルがしっかり服の裾をつかみ直したとき、ふいに周囲の空気が変わるのがわかった。

「なんだ？」

ルルが顔を上げると同時に、クラウスも足を止めてルルと同じ方向に視線を向けた。

ひんやりとした冷気と淀《よど》んだ熱気が入り交じる空気と一緒に、多くの人のざわめきが聞こえてきたが、何を言っているのかまではわからない。けれど尋常ではない雰囲気だ。

「——広場で何かあるようだな」

少しだけ様子を見てみる。危険があるようならすぐに離れるとささやいて、クラウスはルルを左腕で引き寄せ、右手で腰の剣に手をかけながら慎重な足取りで広場に向かった。

「——…式だ」

「生贄《いけにえ》——の…神に——捧《ささ》げ…——」

広場に近づくにつれ人の姿が多くなり、声が聞き分けられるようになる。ざわめきの中から『生贄』『儀式』という言葉を聞き分けた瞬間、ルルはクラウスの腕に両手でしがみついて顔を伏せた。恐怖と不安が一気に押し寄せてきて、手足が震えはじめる。

すくんで動けなくなったルルに合わせるように、クラウスも足を止めた。

「広場で〝贄《にえ》の儀《ぎ》〟があるようだ。思ったより大陸中央に入り込んでいたらしいな」

——〝贄の儀〟……?

「まさか〝贄の儀〟を知らないのか?」

ルルがコクリとうなずくと、クラウスは「——ということは、ルルは外縁国の出身だな」となにやら納得したあと、苦蓬《にがよもぎ》の汁を飲んだみたいに目を細めて人波から離れた。それから素早くあたりを見まわして、広場からかなり離れた場所に建つ小さな警鐘塔に登った。

打鐘台からは街の中心にある広場が手のひら大ほどに見える。人が大勢押し寄せて、その真ん中になにやら仰々しい台座が設《しつら》えてあるようだが、遠すぎて細かい部分は見えない。もちろん、そこに集った老若男女を見分けることもできない。だからこそ、クラウスは説明するための場所にここを選んだのだろう。

「この世界《たいりく》の中心には聖域がある。それは知っているか？」

――うん。

「世界《たいりく》は聖域を中心に発展してきた。――正確には、聖域を守護する聖導院と、聖導院を依《よ》り代《しろ》に降臨する神によって発展してきた、というのが正しいのか…」

クラウスは二杯目の苦蓬を飲み干したみたいに顔を顰《しか》めて、遠くの広場を見下ろした。

「聖導院を依り代に降臨する神に〝生贄〟を捧げると、さまざまな恩寵《おんちょう》が与えられる。牛馬も人力も要らずに動く移動車だとか、一撃で数千人を殺せる兵器だとか。熱も煙も出ない明かりを百万戸分、一年間灯《とも》し続けたり。死にかけた重病人を治したり、なんなら死者をよみがえらせ、寿命を延ばすことも可能だ」

クラウスが数え上げた『恩寵』の種類よりも、それが〝生贄〟によって与えられるという事実にルルは目を丸くした。

「捧げる〝生贄〟の数が多ければ多いほど得られる恩寵も強大になる。為政者がそれに味を占め、住民もその利便性に溺れてしまうと、恩寵欲しさに〝贄の儀〟を止《や》められなくなる」

沈んだ声音の語尾に、街の中心から聞こえてきた歓声が重なる。

「――はじまった」

クラウスは小さくささやいて目を逸《そ》らした。これから広場で何が起きるのか、すでに知っているのだろう。ルルも一緒に目を逸らし、打鐘台の手すりに背を預けてしゃがみ込み、独り言みたいなクラウスの話に耳を傾ける。

「千年近く前までは、どこの国でも〝贄の儀〟が行われていた。各国の王たちは恩寵欲しさに、盛んに〝贄の儀〟を行ったが、次第に自国の民だけでは〝神への供物〟が足りなくなり、他国に攻め入るようになった。攻め入られたほうも自国を護《まも》るために〝贄の儀〟で強力な兵器を求める。攻めるほうも〝贄の儀〟で兵器を求める。結局、多くの人命を犠牲にした国が勝利する。そして負けた国の民はすべて〝神への供物〟として捧げられる運命になる」

――そんなことを続けていたら、あっという間に人の数が減って滅びてしまうんじゃない？

眉根を寄せて首を傾げたルルの疑問を察したのだろう。

「そこは聖導院がうまく調整していた。人が減りすぎないように、一年間に行える〝贄の儀〟の回数や一度に捧げてもいい人数を決めて。さらに妊娠と出産も大いに奨励して。――産めよ、増やせよ、地に満ちよ、というわけだ」

自嘲のように唇を歪《ゆが》めてクラウスは続けた。

「そんな時代が長く続いたと言われている。けれどやがて、そうした生き方に嫌気が差し、疑問を抱く王や貴族が出現するようになった。自分がいつ〝神への供物〟になるかわからない民衆は、もっと昔から嫌気が差していたと思うが――。自分は絶対安全で、恩寵にあずかるばかりだった王族や貴族たちの中から、そうした真っ当な人間が現れたことは幸いなるかな」

クラウスが背後の広場からかすかに聞こえてくる興奮したざわめきを振り払うように、頭を上げて空を見つめたので、ルルもその視線を追って青い空を見上げ、クラウスの腕にぴたりと身を寄せてしがみついた。そうすると、当たり前のように肩を抱き寄せてもらえる。その手の大きさと温かさが、背後で起きている儀式の恐ろしさからルルを護ってくれるようだ。

「人の命を神に差し出して恩寵を得るやり方に嫌気が差した人々は、聖導院の支配が届かない辺境に逃れ、そこで国を興した。知ってのとおり、聖導院の連中はなぜか海を嫌っていて、海辺のある土地には近づきたがらないからな。百年単位で少しずつ、辺境――すなわち外縁部に人が集い、王が生まれて国になった。その国のひとつが俺の――故郷だ」

――…ってことは、クラウスの国には〝贄の儀〟がない？

「俺の国…――いや、故郷でも〝贄の儀〟を復活させたがっている奴《やつ》らはいる。だけど一部だ。多くの人々は、人の命で利便や欲望を贖《あがな》う愚かさや恐ろしさを知っている。けれど、聖導院の影響が強い地域では未《いま》だに根強く〝贄の儀〟が行われている」

溜息《ためいき》のようなクラウスの言葉尻に、背後の広場から聞こえてきた人々の歓声が重なった。

〝贄の儀〟の成就に沸き返る街から、クラウスは早々に立ち去ることに決めた。

「本当は一泊する予定だったんだがな」

久しぶりにきちんとした寝具で眠る好機を逃してしまったけれど、クラウスの判断にルルは大賛成だった。〝贄の儀〟を行う地域では聖導院の影響が強い。当然、聖導士の数も多くなる。なぜなのかわからないけれど、ルルは聖導士が怖かった。だから、自分の歩調に合わせてゆっくり歩くクラウスを引っ張る勢いで街を出ようとした。

「あわてるなルル。街を出る前に、あとひとつだけ買うものがある」

そう言ってクラウスが買い求めたのは、馬だった。それも、クラウスではなくルルを乗せるための。戸惑うルルを鞍《くら》に押し上げて、自分は手綱を取って徒歩で街を出たクラウスの肩を、つんつんと指で突《つっ》く。

――僕のためにわざわざ馬を買ったの？

故郷で教えられた『馬は高価で貴人の乗り物だ』という外界の知識を思い出して不安になり、申し訳なくなって視線でそう問いかけると、クラウスは大きな手のひらでルルの頭を撫でつつ、

「おまえのためだけってわけじゃない。元々は馬で移動していたんだ。ただ、あの山を越えるために向こう側の麓で手放した。いずれまた手に入れなければと思っていたんだが、また山越えする必要が出てきたら手放すことになるかと思うと、なかなか買いなおす気が起きなかった

だけだ」

そう言って、踏破してきた背後に遠くかすむ山並みをふり返ってみせた。

――あんなに高い山をひとりで越えてきたんだ…。

ルルはクラウスと一緒に来《こ》し方をふり返り、それからもう一度クラウスの顔を見上げた。

故郷で学んだ知識と、三年近く放浪している間にルルが身につけた外界での常識によると、旅人はだいたい複数で行動する。裕福な商人は用心棒を雇い、そうでない一般人は数を頼みに集団で移動して、追い剝《は》ぎや盗賊の襲撃被害を少しでも減らそうとする。単独で行動するのは腕に自信のある兵士や、盗賊自身くらいだ。

これまでクラウスが腰に帯びた長剣を抜いたところは見たことがないが――狩りや料理には小刀か鉈《なた》を使っている――なんとなく、強いんだろうなと予想がつく。

――クラウスはどこから来て、どこへ行こうとしてるの？

口をパクパクさせ、質問を伝えようとしているうちに思い出した。そういえば『捜し人』がいるって言ってたっけ…。

ルルはクラウスの袖口を引っ張り、荷物袋の中にある方位盤を指さして、なんとか意思の疎通を図ろうとした。

――あんな山を越えてくるほど長旅をして、捜してる人って誰？　それって僕じゃない？

だってあなたは僕の〝運命の片翼〟だよ！

十年前に森で出会った僕のこと、覚えてないのかと問いかけて、あの時の少年は両目にひどい怪我《けが》をして、自分を見ることができなかったと思い出す。そして今のルルは、声が出ない。

「……──」

「なんだ、どうした?」

ルルが必死に何かを訊ねていることは伝わったのだろう。クラウスはルルの顔をのぞき込み、身振り手振りをじっと見つめて、なんとか意図を探ろうとしたが、やがて困り果てたように眉尻を落とし、前髪をくしゃくしゃとかき上げた。

「──鳥の姿のときは言葉が通じなくても平気だったのに、人の姿になるとなんだかもどかしいな」

同感だ。ルルは小さく唇をすぼめてコクリとうなずいた。

「せめて筆談なり、指文字なりができればいいんだが。ルルおまえ、文字は書けるか?」

──文字?

首を傾げると、クラウスは「まあ無理だろうな…」と、最初からあまり期待していなかった表情で溜息を吐《つ》いた。

──そうだ!

ルルは名案を思いついてあたりを見まわし、鞍から飛び降りてちょうどよさそうな小枝を拾うと地面にガリガリと絵を描いてみせた。

二重丸の上に小さな丸をひとつくっつける。これは指環。それから大きな人と小さな人の姿。大きなほうの腕を伸ばして指環にくっつけると、腕の長さが身体の二倍近くになってしまったけれど、意味は伝わるはずだ。

大きな人はクラウス。小さな人は僕。そして、約束の指環。どうだ！　とばかりに描き終えた絵から顔を上げると、

「なんだ、それは？」

期待に満ちた様子でのぞき込んだクラウスが、微妙な表情を浮かべて首をひねった。

「これは、もしかして人間か？　人間がヘビをつかんでる。こっちの小さいのも人間…いや、こっちは犬か。違う？　じゃあ馬か？」

「……──────」

伝えたかった内容からあまりにもかけ離れたクラウスの言葉に、ルルは衝撃を受けた。

──え…、なんで？　僕の絵が下手なの？　それともクラウスの理解力の問題？

救いを求めるように男を見ると、クラウスも同じような表情でルルを見返してくる。

「ルル…。おまえの絵がへ…発展途上だということはよくわかった。とりあえず、この絵のことはきちんと覚えておくから。謎解きは道々していこう」

途方に暮れた声音でそう言ってから、クラウスはふと、大事なことに気づいたように顔を上げた。

「そういえばルル。おまえ、このまま俺と一緒に旅をして大丈夫なのか？」

「？」

「どこか行きたい場所があるとか、帰る場所があったんじゃないのか？」

ルルはふるふるっと首を横に振った。あまりにも迷いなく即座に反応したので、却《かえ》って心配になったらしい。クラウスが念をおしてくる。

「これまで鳥の雛《ひな》か何かだと思っていたから気にしていなかったが、人間なら話は別だ。帰るべき場所があるなら送っていってやる。遠慮はしなくていい」

ルルはもう一度ふるふると首を横に振りながら、クラウスの上着の裾をにぎりしめた。

――帰るべき場所は、もうない。なくなってしまった。僕はクラウスと一緒にいる。だって〝運命の片翼〟なんだから。

伝わらない『出会い』の絵を指さしてから、故郷を失った経緯を思い出そうとしたとたん、棘々草《とげとげそう》をうっかり飲んでしまったみたいに嫌な気持ちになる。思わず顔を顰めると、クラウスが心配そうな表情でのぞき込んできた。

「本当に俺と一緒に旅を続けていいのか？　前にちらっと言ったと思うが、俺は人を捜してる。その人の名も顔も、どうすれば会えるのかもわからない。ただこの〝導きの灯《ともしび》〟と、天恵だけが頼りの旅だ。そして俺は、その人を見つけるまで、故郷に戻ることもできない――」

その人を見つけるまで、ずっと旅を続けなければならないんだと告げられて、ルルはじっとクラウスの瞳をのぞき込んだ。

――その『捜し人』は、きっと僕だよ！

どうしたら、それが伝わるんだろう。

地面に描いた下手くそな絵と自分を交互に指さしながら、なんとか声をしぼり出そうとしたけれど、喉から出るのはハクハクという虚《むな》しい呼吸音だけ。悔しくて、どうしても大切なことを伝えたくて、懸命に喉を震わせようとしていたら、ひどく咳《せ》きこんでしまった。

「大丈夫か」

心配して背を撫でてくれる手が切ない。涙ぐんで男を見上げると、クラウスのほうがよほど苦しそうに、どこかが痛むように顔を顰めた。

「おまえが、俺に何か伝えようとしているのはわかる。けれどそれが何なのか、俺にはわからん」

事実をきっぱり断言されてルルは項垂《うなだ》れた。

「だが、とにかく一緒に旅を続けよう」

ルルがぴょこんと顔を上げると、苦渋に歪んでいたクラウスの面に笑みが戻る。

「一緒に旅を続けていれば、何か解決法が見つかるかもしれないからな」

――うん！

「とりあえず簡単な手話を教えるから覚えるといい。それから文字も。絵については……まあがんばれ」

ルルはもう一度、コクンと勢いよくうなずいた。

平地ではふたりで馬に乗ることもあったが、登り坂や足場の悪い道ではルルだけが馬に乗り、その馬をクラウスが引く形で旅は続いた。

自分だけが馬に乗ることを拒もうとしたが、「おまえの足に合わせて歩くほうが厄介なんだ」と言われてしまうと、従うしかない。

ルルは今年十五歳になるはずだったが、数年の栄養不良のせいか、それとも鳥の姿でいた三年分は人としての成長が止まっていたのか、同じ年頃の人間に比べて背が低く細い。逆に、多くの成人男子に比べて背が高いクラウスと並ぶと、半分くらいにしか見えない。

当然、脚の長さ——すなわち歩幅——にも差が出る。

自分だけが馬上にある心苦しさは、夜、眠る前にクラウスの足を揉《も》み、蓄積した疲労や靴擦れを癒し、痛みを取り除いて恩返しすることで解消した。幼い頃にあの森で、死にかけていた少年《クラウス》を助けたときの力に比べたら、大河の流れに対する一滴の雫《しずく》のごとき微力ではあったけれど、クラウスは喜んでくれた。

「おまえに足をさすってもらうと、一日の疲れが吹き飛ぶようだ。寝付きもよくなるし、何より食事が美味《うま》い」

そんなふうに礼を言って頭を撫でてくれるので、ルルはますます彼の役に立ちたいと思ってしまう。

最初は微々たるもので、それもクラウスにしか及ばなかった癒しの力は、健康を取り戻すに従って、僅かだが馬にも使えるようになった。おかげで馬も毎日機嫌よくルルを乗せてくれる。

「買ったときはどうなるか心配したが、値段のわりにずいぶんと良い馬だったなおまえ」

馬の調子が良い理由が、ルルの癒しの力だとは思いもしないクラウスは、掘り出し物を見つけたと単純に喜んでいる。それを歯痒《はがゆ》く思うものの、ルルにはまだ真実を伝える術《すべ》がない。単純な手話や、いくつか覚えた文字だけではまだまだ難しい。

ややこしい事柄について意思の疎通が難しいこと以外、クラウスとの旅はすこぶる楽しかった。たとえ旅のほとんどが野宿でも。野宿が多いのはクラウスが街や都市を避けているせいもあるが、そもそも土地の広さに比べて人が住んでいる場所が少ないからだという。

クラウスは折々にふれ、いろいろなことを教えてくれた。

「昔はこのあたりにも大きな街があったというがな。ほら、あれがその跡だ」

緑の風吹く草原をゆるゆると、ふたりで馬に乗って進みながら、クラウスがそう言って指さしたのは、遠目には山の一部のように見える巨大な石造りの建造物だった。半分以上苔生《こけむ》して、近づいてみれば人が住まなくなってどれだけ長い年月が過ぎたのかがわかる。

「あれも古代の遺構だ。言い伝えでは、空の浮島の係留港だったというが、本当かどうかは誰もわからん」

そう言って指さしてみせたのは、何本も列を成した細長い、天を目指すように大地から屹立《きつりつ》している槍《やり》状の塔だ。

「昔、世界はもっと平和で繁栄していたそうだ。戦争もなく、空には天翔《あまかけ》る船が行き交い、海の中にも都市があったという。人の寿命も今よりずっと長くて、性質も温和で、領地や玉座をめぐる争いもなかったなんて信じられるか？」

——玉座をめぐる争い？

ルルがふり向いて首を傾げると、クラウスは塵《ちり》でも入ったように目を細め、失われた古《いにしえ》の楽園を探すように遠くを見やった。

「古代の王は、天の浮島に住む翼神によって選ばれたそうだ。血筋ではなく『翼神の天啓』が降った者が王になり民を長く導いた」

クラウスは視線を己の手のひらに戻し、自嘲気味に唇を歪めて言い添えた。

「優れた方法だとは思わないか？　血筋で選べば無能や愚昧《ぐまい》、冷酷、悪辣な者が玉座に座る可能性が高くなる。王族同士で玉座を争えば、民は巻き込まれて疲弊する。だが、人智を超えた神が選ぶなら、人が選ぶよりはるかにマシだ。そう思わないか？」

問われて、ルルは考え込んだ。クラウスがなぜそんなことを言いだしたのか、理由がわからなかったからだ。

ルルの戸惑いに気づかなかったのか、クラウスは独り言のように続けた。

「昔はこの大陸、すなわち世界を、たった七人の王で治めていたそうだ。今では紛争地帯も含めれば百近くの国に別れて、しょっちゅう国同士で揉め事を起こしている。国同士だけじゃない。国内でも、王の一族が血で血を洗う醜い争いに明け暮れてる。俺の顔のこの傷も、その煽《あお》りを受けてできたものだ。しかも初めてじゃない。最初に襲われたときは死にかけた。――奇跡的に助かったが」

死にかけた――というのは、あの森で胸に毒矢を射られ、両目を一文字に切り裂かれたときのことだろうか。

淡々と語られた話の血なまぐささに頰がそそけ立つのを感じながら、ルルはあの『約束の指環』をなくしてしまったことを心底悔やんだ。今あの指環を見せることができたら、あの森での出会いのことを伝えられるのに。ルルは鞍上《あんじょう》でふり向き、クラウスの胸と両目をそれぞれ指先でそっと触れてから、自分を指さした。

――僕だよ。あのときあなたを助けたのは僕。どうか気づいて。

胸と両目にもう一度触れて、必死に瞳で語りかけたけれど、男には伝わらなかった。

「心配してくれたのか？　大丈夫だ。死にかけたときの傷は跡形もなく治った。侍医からは奇跡だと言われたし、自分でもそう思う」

クラウスは自分の左頰にそっと触れながら言い添えた。

「この傷も、本来ならもっとぐちゃぐちゃになってもおかしくなかったんだ。けれどこの程度で済んだのは、きっと、きっと――」

きっと――。その続きが聞きたくて、ルルはしばらく待ってみたけれど、クラウスはそれきり口を噤《つぐ》んでしまった。

何かを惜しむように。

大切な秘密を守るように。

季節が春から夏に移ろうと、最初の街で誂《あつら》えてもらった上着がいらなくなった。日中は汗をかくことが多くなり、日陰に入ると生き返るような心地になる。そんなある日、ルルは森の中にある美しい水場を見つけた。

古い時代には沐浴場《もくよくば》だったのだろうか、半分崩れかけた古代の水槽跡に滝が流れ込み、澄んだ水溜まりを作っている。周囲は白や桃色、黄色の花をつけた樹木が生い茂り、風が吹くたびにその花びらがきらきらと舞い落ちて、そこに木漏れ日が差し込む様は、この世のものとは思えない美しさだ。

――きれい…！　泳ぎたい！

暑くて汗だくになっていたルルは、涼しげな景色に心躍らせて服を脱ぎ捨て、クラウスが止める間もなく水溜まりに飛び込んだ。

「あ、こら！　ルル！」

思いきり飛び込んでも足がつかない深さの水溜まりは、常に水が流れ込み、下流に流れ出ているので清潔だ。そして何より気持ちいい。ザブザブと水しぶきを上げて手を振り『クラウスも一緒に泳ごうよ』と誘うと、長身の男は「やれやれ」と言いたげに腰に手を当て、周囲の安全を確認してから服を脱ぎ、裸身に小剣を吊《つ》るした細帯だけ腰に巻き直した姿でルルの隣に飛び込んできた。どんなときにも警戒を怠らないその姿に驚いたけれど、左顔面に残るひどい傷痕を見て納得した。

——何度も命を狙われたって、言ってたもんね…。

同時に彼を守りたいという気持ちが、これまで以上に強く湧きあがる。立ち泳ぎをしながらぴたりと身を寄せ、左手を肩に置いて右手で顔の傷痕に触れると、クラウスが眩しいものでも見たように目を細めて見返してくる。

「——…どうした？　ルル」

クラウスは内緒話のようにささやいて、まるで初めて見たと言いたげに、木漏れ日を浴びながら水中で輝くルルの一糸まとわぬ裸身を見下ろした。そして一度視線を逸らしてから、再び吸い寄せられるように見つめ直す。

「ルル…、おまえ、ずいぶん綺麗…——いや、なんでもない」

そう言って再び目を逸らしてしまう。

綺麗と言いかけて照れたように止めてしまったクラウスのほうこそ、美しいとルルは思う。曇り硝子《ガラス》越しに見た金細工のような髪も、星の煌《きら》めきを宿す青緑色の瞳も、木漏れ日を受けて輝く逞《たくま》しい身体も、どこもかしこも綺麗だ。クラウスほど美しい人を、ルルはこれまで見たことがない。

「そろそろ上がろうか。涼しくて気持ちいいが、身体を冷やしすぎるのはよくない」

特におまえは病み上がりなんだからと言われて、ルルは素直に従った。

岸に上がり、草の上で水気を拭いて服を着ていると、視線を感じた。何かと思ってふり返ると、クラウスが一瞬虚を衝《つ》かれたように瞬《まばた》きして視線を逸らす。近づいて『何?』と手話で訊ねると、「なんでもない」と言われてルルは首を傾げた。クラウスは明後日《あさって》のほうを向いたまま片手でぷるりと顔をぬぐい、何かを振り払うように頭を振って、もう一度「なんでもない」と言い重ねた。

だからルルも、そうかと納得した。

その日から、クラウスはほんの少しルルと距離を取ろうとするようになった。そのせいで、日中だけでなく夜も薄着で過ごせるようになると、ルルは添い寝の理由を探さなければいけなくなった。

「どうした？　くっついて眠るには不向きな季節だぞ。おまえは暑くないのか？」

野宿でも可能な限り快適に過ごせるよう、わざわざ少し離れた場所に作ってくれた簡易の寝床を使わず、隣に潜り込んだルルに向かって、クラウスは苦笑を浮かべた。

「雛鳥の姿ならともかく、おまえはもうひとりで眠るべき年齢だと思うぞ」

鳥もどきのときは毎日毎晩懐の中に入れ、ことあるごとに撫でまわしてくれていたのに。なぜ人の姿になったとたん、こんなによそよそしくなるんだろう。――理不尽だ。

ルルがぷくっと頬を膨らませ、身振り手振りで対応の差について文句を訴えると、どうやら伝わったらしい。

「――仕方ないな」

「甘ったれめ」というつぶやきとともに、呆《あき》れ半分あきらめ半分。溜息を吐いて隣で眠るのを許してくれた。ルルは喜んでクラウスにくっついた。そうして夏の間中、胸元に顔を埋めたり背中に抱きついたり腕枕をしてもらったりして、毎晩一緒に眠ったのだった。

＊　＊　＊

おだやかな波に押されて浅瀬にたどりつくように目を覚ますと、真夏の夜はまだ明けていなかった。梢越《こずえ》しの空は銀砂のような星で埋め尽くされている。

クラウスは特に意識しないまま手を伸ばし、傍らにある温《ぬく》もりを確認した。我が身に寄り添う肉の薄い、青い果実みたいに未熟な身体が発する温かさに安堵《あんど》して、静かで規則正しい寝息に耳を傾けているうちに、ふたたび眠気が忍び寄ってくる。ルルの寝返りに合わせて自分も姿勢を変えながら、クラウスは身体の芯から湧き上がる温かな平穏さに笑みを浮かべた。

数ヵ月前まで…いや、正確にはこの子《ルル》を拾うまで、夜中に目覚める原因のほとんどは悪夢のせいだった。それが気がつけばほぼ見なくなり、最近では、夜中に目覚める理由はルルのための腕枕が痺《しび》れたとか、鳩尾《みぞおち》に頭が乗っていて息苦しくなったせいとか、そんな微笑ましいものばかりになった。

首筋と頰に当たるやわらかなルルの髪を右手でそっとかき混ぜながら、左腕を伸ばして姿勢を変えようとしたとき、枕にしていた背嚢《はいのう》に指があたり、シャランとかすかな音を立てた。

方位盤だ。クラウスはルルを起こしてしまわないよう注意しながら地面を探り、落ちた方位盤を持ち上げて眼前に翳《かざ》した。星明かりだけの夜闇に、青白い小さな〝導きの灯〟がちらちらと浮かび上がる。

『さあ、坊っちゃま。目を閉じて、心に強く願いを思い浮かべるんです。坊っちゃまが本当に、心から望んでいる、捜し求めている者の元へ灯が導いてくれるように、と――』

そう言って乳母が呪《まじな》いをかけてくれたこの〝導きの灯〟は、このところずっと奇妙な動きを繰り返している。方位盤の中心でグルグルと微細な回転を繰り返しているかと思えば、行き先――捜し人――を指し示すように一定の方角によろよろと漂い出て、また中心に戻るのだ。

いいや、奇妙な動きは今にはじまったことではない。旅に出た当初から〝導きの灯《これ》〟は東を指したかと思えば南を指したり、ふらふらして頼りなかった。仕方がないので、灯が指し示すふたつの方向の中間点を目指したり、なんとなく心惹《ひ》かれた方角を目指して旅するうちに二年余りが過ぎた。そうして四ヵ月前。獲物を見つけた猟犬のように、灯が中心近くでぐるぐると旋回することが多くなった。淡い期待感とともに立ち寄った小さな村の道端で、死にかけていた毛玉《ルル》を拾った。

ルルが毛玉のときは、それが自分の『捜し人』かもしれないなどと思ったことはなかった。けれど〝導きの灯〟はルルが毛玉の間ずっと、獲物を見つけた猟犬のように中心近くでぐるぐる旋回してばかりいた。そしてルルが人の姿になったとたん、今夜と同じ――中心で微細な揺れを繰り返しているかと思えば、一定の方角によろよろと漂い出て、また中心に戻る――動きをするようになったのだ。

「おまえはいったい、俺に何を伝えたがっているんだ？　誰の元へ導こうとしているんだ？」

もちろん。クラウスが請い求めている相手の元へだ。

それが誰なのか、最近自分でも自信がなくなっている。

十年前の祝祭の年。十五歳のクラウスが命を落としかけたあの日、森で出会った〝癒しの民〟のあの子なのか。それとも、国と民を救うために自分の求婚を受け容《い》れてくれる〝癒しの民〟なら誰でもいいのか……。

『さあ、坊っちゃま。目を閉じて、心に強く願いを思い浮かべるんです』

乳母にそう言われたとき、心に強く思い浮かべた願いはなんだったのか。今にして思えばふたつあったように思う。ひとつは素の自分――ひとりの人間としての願い。もうひとつは、生まれたときから背負わされている責務を全うし、父母の無念を晴らすために必要な願い。そのふたつが渾然《こんぜん》一体となっていたかもしれない。

「だからふらふら惑っているのか…?」

物言わぬ方位盤に向かって小さくささやきかけたとき、ルルがむにゃむにゃと音のない寝言を発しながら寝返りを打った。

クラウスはいつの間にか詰めていた息をふ…っと吐き、眉間に寄っていた皺《しわ》をゆるめながら、ルルの寝心地が好《よ》いように腕を丸めて背中を支えてやった。その瞬間、まるで天啓のようにある考えが閃いた。

――この子が…〝癒しの民〟だったとしたら?

いや、そんなはずはない。

自分の突拍子もない閃きを、クラウスはすぐに打ち消した。

〝癒しの民〟がふらふらと、たった一人で外界――聖域の外――にいるわけがない。それだけは決してない。古今東西、そんな話は見たことも聞いたこともない。〝癒しの民〟が聖域を出るときは必ず聖導士が同行している。護衛が主な目的だが、伝説によれば、聖導士の守護なしに〝癒しの民〟が聖域を出ると、数日で死んでしまうからだという。

「――…」

クラウスはその話を聞いたとき、十年前に足を踏み入れた聖域で目にした〝癒しの民〟たちの、たおやかで穢《けが》れのない、おっとりとした表情やおだやかな仕草を思い出して、さもありなんと納得した。だから今も納得はしているものの、再び頭をもたげた可能性に視線を揺らし、傍らで寝息を立てるルルと奇妙な動きを示す方位盤を交互に見比べた。

――この子が、もしも、万が一、何かの理由で外界を彷徨《さまよ》う羽目になった〝癒しの民〟だったとしたら、どうする？

同性《おとこ》で、約束を交わしたあの子でもない。

けれど、その力はあまねく国土を潤し、病める者すべてを癒すという〝聖なる癒しの民〟だ。たとえ子は望めなくとも説得すれば執政院はなんとか納得してくれるだろう。民も、自分たちの暮らしが落ちつき、平穏にすごせるとなれば、世継ぎがない王でも受け容れてくれるはずだ。

そして自分はこの子《ルル》に、少なからず好意を抱いている。――有り体に言えば、愛《いと》おしいと思っている。可愛くて、愛おしい。一緒にいるとほっとする。笑顔を見ると心が喜びで満たされ、全身が湯に浸ったときのような温かさに包まれる。年の離れた弟がいたらこんな感じだろうか。

クラウスはうとうとと微睡《まどろ》みに身を浸しながら想像の翼を羽ばたかせた。

ルルが〝聖なる癒しの民〟だったら――。

事情を説明して一緒に帰国して、一緒に暮らそう。ルルには文字と手話を教え、俺も手話を覚えて会話をしよう。行儀作法や無数の決まり、慣例行事のあれこれも〝聖なる癒しの民〟という肩書きがあれば、俺の母ほど苦労はしなくて済むだろう。

ルルとふたりで一緒に生きる。これまでの旅の続きのように、互いに支えあって補いあって。伴侶として添い寝以上の関係に進むかどうかは、ルルの気持ちを確認してからになるが…。

それはとても明るく楽しい未来に思えた。ただひとつ心残りがあるとすれば――。

この子《ルル》が、あの子《ルル》だったらよかったのに……。

悪魔の甘い吐息にも似たその考えが脳裏に閃いた瞬間、胸にツキリと痛みが走る。クラウスは思わず目を強く閉じ、歯を食いしばった。

ルルは可愛い。それは事実だ。けれど、もしも。

もしもあの子が目の前に現れたら、俺は迷うことなく…――。

青白く惑う〝導きの灯〟がちらちらと瞬く方位盤をにぎりしめたまま、その腕で両眼《りょうめ》をふさいで深く溜息を吐く。クラウスは右腕に抱えたルルの寝息にうしろめたさを覚えながら、東の空が白むまで、まんじりともせず過ごしたのだった。

◇　ハダル

ルルがクラウスに拾われ、一緒に旅をするようになって半年近くが過ぎた。そろそろ夏が終わろうとしている。

この半年近く、ルルは簡単な手話と文字を教えてもらい、絵の練習をして、クラウスに『あなたは僕の〝運命の片翼〟だよ』と伝えようとしてきた。けれど未だに成功していない。特に絵は、思惑通りに伝わったことがほとんどない。それでもめげずに、ルルは何度も森での出会いと指環のことを伝えようとした。立ち寄った街の露店で指環を見つけ、必死に袖を引いて指さしてから、地面に——何度描いてもヘビだと思われてしまう——指環の絵を描いてみせたこともある。しかし、

「ああ、それは指環だったのか。なんだ、そんなに指環が欲しかったのか」

と誤解されただけ。ルルは伝わらないことにがっかりしてふるふると首を横に振り、しょんぼりと項垂れた。

「いらないのか？」

クラウスが取り出しかけた財布を所在なげに持ち替えながら首を傾げる。

「どうしても欲しいなら買ってやるぞ。あまり高価なものは駄目だけど」

そう言われて、ルルは俯《うつむ》いたまま唇を噛《か》みしめた。

――クラウスに伝わらないのは、僕があの指環を無くしてしまったせいだ。指環をちゃんと持っていて、見せることができていたら、すぐに思い出してくれたはず。

あの森での出会いと、ふたりだけの約束を。

言葉も説明もいらない。あの指環さえ無くさずに、ちゃんと持っていたら――。

身体の一部をもがれたような喪失感に加え、せっかく出逢《であ》えた〝運命の片翼〟にその事実を伝えられないことが悔しくて、伝えられないから、きちんとした〝絆《きずな》〟が未だに結べていないことが悲しくて、唇を噛みしめて涙ぐんだルルの様子を、指環欲しさに泣いたと誤解したクラウスが、あわてて指環を並べた露店に向き直った。

「店主、ここにある指環、試しに嵌《は》めてみていいか？　ほらルル。好きなやつを選んで嵌めてみろ。大きさが合わなくても大丈夫だ。直してもらうから」

クラウスは、項垂れたルルの背をいそいそと押して陳列棚の前に押し出す。

ルルは泣かないように下唇を強く噛んだまま、陳列台を見まわして、首を横に振った。『約束の指環』に似たものがなかったからだ。

その出来事があってから、ルルは前にも増して文字を覚えようと奮闘した。クラウスによれば、文字を覚えればルルが言いたいことや表現したいことが、そのまま伝わるという。けれど手話に比べて、文字はすこぶる難しい。

まず、一文字を構成する線が多い。違う意味なのに似た文字も多い。九割同じで一割違うだけなのに、全然違う意味だったりする。さらに、その違いが微妙な線の傾きだったり、曲がり具合だったりするので難易度がさらに上がる。しかも一文字には複数の意味があり、違う文字との組み合わせでどの意味か決まるのだという。そうした文字を最低でも百は覚え、次に組み合わせとそれぞれの意味を覚えないといけない。

——む…難しすぎる……。

クラウスが見せてくれた小さな手帳——記録帳らしい——をのぞき込んだルルが、思わず眉間に皺を寄せて溜息を吐くと、

「まあ、難しいと思うのは当然だ」

クラウスは同意して、肩をポンポンと叩《たた》いて慰めてくれた。

「俺の国…生まれ育った故郷でも、旅をしてきた他の国でも、文字を操れるのはごく一部の上層階級と知識人だけだった」

——…ということは、クラウスは上層階級か知識人てこと？

そう訊ねかけ、答えを聞く前に納得した。

当たり前か。十年前の祝祭で護樹の森に出入りを許可されたのは、王族や富裕層だけだと言

われてた。ああでも、彼らの従者だという可能性もある。だけど——と、ルルはクラウスの堂々とした物腰や、その他大勢の庶民とはどこか違う、落ちつきと品のある所作を思い出して、従者の可能性を否定した。

「文字は、もう少し簡略化して、市井の民でも習い覚えて使えるようにしたいと思ったことが何度もあるんだが、聖導院が強硬に反対しているせいで実現しない」

——聖導院…。

その言葉を聞くたびに、ルルはなんとなく嫌な気持ちになる。これまで立ち寄った街や小さな村でも、聖導院に関するものを見たり聞いたりすると、必ず嫌な気持ちになった。

理由はわからない。——違う。正確には、理由を知りたくない。考えたくない。

——たぶん…どこかで嫌な目に遭ったことがあるんだ。食べ物をもらいに行って叩き出されたか、塵《ごみ》と間違われて箒《ほうき》で掃き出されたか。それか、まだ綺麗な鳥の姿だったとき、捕まりかけて怖い目に遭ったか。

ルルはそう思っている。どれも記憶にはないけれど、たぶんそんなことが原因だろうと。

ルルが一層眉間の皺を深めたことに気づいたクラウスが、のぞき込むように顔を寄せ、少しだけ悪戯《いたずら》めいた笑みを浮かべながら、長くて形の良い人差し指でルルの眉間を突いた。

「そんな顰め面をしないでくれ。旅の間——いや、旅が終わっても、文字はずっと教えてやるから。気長に覚えればいいい」

『旅が終わっても、ずっと』という言葉が示す未来を理解したとたん、ルルはパッと笑みを浮かべて、クラウスに突かれた眉間を照れ隠しにごしごしとこすった。

旅が終わってもクラウスと一緒にいられる。

その事実だけで、ルルの悩み——すなわちこの世の問題の大半——は解決した気がする。

そんなふうに気楽に構え、クラウスとの旅を続けるうちに、あっという間に半年近くが過ぎたのだった。そして夏の終わり。

ルルは誕生日を迎えて十五歳になった。

それがきっかけだったのか、それとも、長い放浪によって損なわれていた体力と気力、そして生命力がようやく回復したからなのか。どちらが理由なのかはっきりしない。ただ、その日を境にルルは自分の中に、長く枯渇していた癒しの力が本格的に戻ってくるのを感じた。

それは、涸《か》れ果てた泉に再び水が湧き出し、豊かに満ちあふれていくのに似ている。

陽《ひ》に翳した手から淡い光が滲《にじ》んで、周囲に広がるのが見える。そしてそれは、クラウスの側《そば》に近づけば近づくほど豊かにあふれて満ちてゆく。クラウスにはルルが見えている光の靄《もや》や、虹色のゆらめきは見えないようだった。けれど明らかにクラウスの体調は良くなり、普段にも増して力強く、心なしか左顔面に刻まれた傷痕も薄くなったように感じる。

「今日はなんだかすこぶる調子が良いな。何か良いことがありそうだ」

クラウスは基本的にいつも感情が安定して朗らかな男だが、その日はことさら機嫌が良かった。食事の仕度も片づけも鼻歌交じりでこなし、次の街に着いたらルルに新しい服を誂えようなどと言いながら、可愛くて仕方ないという表情で頭をわしわしと撫でてくれた。

だからルルも嬉しくて、にこにこ笑顔を浮かべて馬に乗り、ゆるゆると歩を進めた。

次の街に着いて、宿できちんとした鏡に顔を映して見れば、傷痕が薄くなりつつあることに気づいて、ルルこそがクラウスの『捜し人』だとわかるはず。

そのときクラウスがどんな顔をするのか。期待に高鳴る胸を押さえたルルに、クラウスが「そろそろ休憩して昼食にしようか」と声をかけてきた。ルルは『うん』とうなずいて、ぐるりとあたりを見わたし、あの大きな樹の根元がいいんじゃないかと指さした。

場所は小さな街と村を繋《つな》ぐ街道沿い。これまで旅してきた多くの土地とあまり大差ない、遠くに山や丘と一体化しつつある古代の遺跡を見ながら、大地にうっすら刻まれた田舎道が、どこまでもうねうねと続いている。

前の街から一日半。次の集落まで半日という場所の道脇で、言い争っている男女がいた。

「――…どったほうがいい。いや、もう帰ったほうがいい。これ以上は無理だ」

「嫌よ。まだあきらめたくない。あたしはまだ大丈夫。動けるし歩ける」

「そんなこと言って、倒れたのは今日で二度目だ。もう無理だ。あきらめろ」

道から逸れた場所に生えた大木の陰に腰を下ろし、半分倒れ込むように身体を休めている女性と、介抱しながら何やら言い諭している男。男の身なりは典型的な聖導士の旅装で、歳《とし》は二十代後半。男の説得に抗《あらが》っている女性のほうはまだ若い。おそらく十代後半だ。すんなり伸びた手足と、服の上からでもわかるめりはりのある身体つきをしている。そして、健康に問題さえなければ咲き初めの日輪花のように艶《あで》やかな顔立ちが、今は苦悶《くもん》に歪み、脂汗が浮いた額や頬は青ざめている。

クラウスがごく自然に馬足をゆるめて声をかけた。

「難儀しているようだが、手伝えることはあるか？」

聖導士姿の男は隙のない目つきでふり返ってクラウスを検分し、隣に馬首を並べた――二ヵ月ほど前にクラウスがルル用にもう一頭買ってくれた――ルルも同じように鋭く見つめてわずかに眉根を寄せた。ルルはなんとなく怖くなってクラウスの背に隠れた。

「ご親切、痛み入る。風露草《ゼラニカ》と大蒜《アリウム》をお持ちなら少々分けていただきたい。昨夜使いきってしまい、困っていたところです」

風露草《ゼラニカ》は鎮痛作用、大蒜《アリウム》は滋養強壮の薬草だ。女性を背後にかばうよう前に出た聖導士の男の申し出に、クラウスはひとつうなずいて馬を下りた。そして荷袋から小さな革袋をいくつか取り出しながらルルに声をかける。

「ルル、竈《かまど》を作って湯を沸かしてくれ」

「いいえ。風露草《ゼラニカ》と大蒜《アリウム》さえ譲ってくだされば、あとはこちらで…」

聖導士が遠慮したので、ルルは馬から下りて手頃な木に手綱を繋ごうとした手を止めてクラウスを見た。クラウスは自分の手綱もルルに手渡しながら目で『続けろ』と促して、聖導士と、その背後に倒れ込んでいる女性に近づいていった。

「どうせそろそろ昼食を摂ろうと思っていたところだ。遠慮はいらない。見たところ、ご婦人のほうはずいぶん苦しんでいる様子。薬湯はこちらで用意するから、その間にご婦人をもう少し楽な姿勢にしてやるといい」

言いながら、革袋から取り出した風露草《ゼラニカ》と大蒜《アリウム》を聖導士の鼻先に差し出し、指定のもので間違いないか確認してから、ルルが素早く造り上げた竃の鍋に放り込む。

聖導士は何か言いたげに逡巡《しゅんじゅん》していたが、女性が苦しげにうめき声を上げたのを機に、迷いをふりはらってクラウスの勧めに従った。

薬湯が煎《せん》じ上がると、クラウスはそれを聖導士に渡し、次に慣れた手つきで昼食の準備をはじめた。ルルに荷袋の中から食材を出すよう言いつけ、ついでに聖導士にも「食材があれば一緒に料理するが」と声をかける。

聖導士は、薬湯を飲んだ女性がひと息つき、明らかに苦痛が治まりつつある様子を見てクラウスを信用することにしたらしい。自分の荷袋ごとクラウスに差し出した。

「私の名はラドゥラ・カルアンサスと申します。こちらの女性はハダル」

「俺はクラウスで、こっちはルル。ルルは声が出せない。黙っているからといって無礼だと思わないでくれ」

ラドゥラと名乗った聖導士は、黒に近い艶やかな焦げ茶の巻毛と濃い茶色の瞳の持ち主で、甘く華やかで整った顔立ちをしていた。彼は深めに一礼して了承の意を示すと、ちらっとルルを見て、再び何かを探るように目を細めた。

ルルはその視線を避けるために縮こまり、クラウスの隣にぴたりと寄り添って黙々と、彼が作ってくれた昼食のごった煮を平らげることに集中する。

クラウスとラドゥラ聖導士は昼食を摂りながら互いの行き先や目的地などを話し会い、ハダルをクラウスの馬に乗せ、次の街まで送って行くという合意に達した。

食事が終わり、馬に乗れる程度にハダルの容態が安定したのを確認して、四人は次の街に向かって出立した。

ハダルは採れたての蜂蜜みたいな金色の巻毛と、目の覚めるようなあざやかな薄青色の瞳を持った美しい女性だった。歳はルルよりふたつ三つ上くらいで、まだ若い。病気で弱っていてもこの美貌なら、健康を取り戻した暁には、どれだけ魅力的になることか。

クラウスがハダルを鞍の前に乗せ、その背を受けとめ、身体を抱きしめるように手綱を持った姿を見て、ルルは奇妙な焦燥感に駆られた。なんだか落ち着かない。そわそわする。

ハダルと一緒に馬に乗るのはラドゥラ聖導士でいいんじゃない？　僕の馬でふたり乗りがきついなら、クラウスにゆずって僕は歩きでいいから。

そう言いたくてクラウスの袖を引き、身振り手振りと手話で必死に訴えると、クラウスは意味を察して苦笑した。

「ラドゥラ聖導士は馬に乗れないそうだ」

「小さい頃ひどい落馬をして、その上蹴られたことがありまして、それ以来乗馬からは遠ざかっているのです」

聖導士自身の告白に、ルルは恐縮して『ごめんなさい』と頭を下げた。ラドゥラ聖導士は「謝罪には及びません」とおだやかに言い、「ハダルのために早く出発しましょう」とうながす。ルルはそれ以上どうしようもなくなって、とぼとぼと馬に乗り、黙々と、ハダルを抱えたクラウスの馬の後について進むしかなかった。

出立してどのくらい経《た》った頃だろうか。ぐったりしていたハダルがゆっくりと顔を上げ、ひと言ふた言クラウスと言葉を交わすようになった。やがてハダルは、呼吸を楽にするためにゆるめていた自分の胸元に気づいて手をやり、編み上げ式の前合わせを整えはじめた。

そのとき、クラウスが驚いた表情で動きを止めるのが、斜め後方からときどき様子を窺っていたルルの目に映った。クラウスはこれまでルルが見たことのない種類の眼差しでハダルをじっと見つめ、何かを訊ねた。それにハダルが答える。クラウスがまた何か訊ね、ハダルが答える。ルルの耳には会話の内容まで聞き取れない。けれど何か重要なやりとりがなされていることだけは伝わってきた。

クラウスは感極まった表情で天を見上げて目を閉じたあと、改めてハダルを抱え直した。

その動き。腕のまわし方や、触り方、洩《も》れ出る空気感が直前のやり取りの前とはまるで違う。

少し離れた場所からその様子を見ていたルルは、ぎゅっとにぎりしめた拳を強く胸に押し当てた。そうしないと、身の内で渦を巻く不安と焦りが心臓を突き破ってあふれ出しそうな気がしたからだ。そんなのは単なる気のせい。不安になるのは考えすぎ。そう自分に言い聞かせて、ルルはなんとかその日の午後を過ごしたのだった。

昼に初めて見たとき、萎《しお》れた花のように生気が失《う》せていたハダルは、夕刻の閉門前になんとか街に滑りこんだ頃には、驚くほど元気を取り戻していた。その変化にラドゥラ聖導士は奇妙なほど驚いている。

「まさか…そんな、いや、しかし――」

宿屋の前庭に到着して、クラウスに馬から抱き下ろしてもらうハダルを呆然《ぼうぜん》とした表情で見つめながら、ラドゥラ聖導士はブツブツと独り言をつぶやいている。何が「まさか」なのか。ルルは不思議に思いながら、クラウスから目が離せないでいた。

落馬で負った怪我の後遺症で重いものは持てない聖導士に代わってハダルを抱き上げ、そのまま地上に降ろさず宿の中に向かうクラウスの表情。ハダルを見つめる瞳に宿る不思議な光に不安が募る。ハダルのほうも両腕をしっかりとクラウスの肩にまわし、うっとりとした表情で男の顔を見上げている。その頬や指先、腕のなめらかでほっそりとした細い線、自分にはない甘い匂いと、やわらかな曲線を描く身体つきに、ルルは落ち着かなくなる。

そんなふうに見つめ合う姿が、まるで運命に導かれて出会った恋人同士のようで。

ハダルはクラウスの顔に刻まれた傷痕を見て、最初こそは戸惑い怯えた様子を見せたが、すぐに慣れたらしい。さらに、午後の半日をクラウスに抱かれて馬上で過ごす間に、好意を抱いたのが目に見えてわかる。

——ハダルがクラウスを好きになるのはわかる。だってクラウスはすごく素敵な人だから。でも、クラウスまでハダルに夢中なのはどうして…⁉

街や人の住む集落に入る前はいつもそうするように、クラウスは左眼の上に布を巻いて左顔面にある傷痕を隠している。それすら、魅力的に映ったのか、ハダルは微笑んで手を差し伸べ、指先でそっと布に触れた。

それに応えてクラウスも微笑み返す。

——今日会ったばかりの女にどうしてそんなにやさしくするの？　病気で弱ってるからっていうのはわかるけど、でも…！　どうしてそんなに熱っぽい瞳でじっと見つめたりするわけ…⁉

クラウスは僕の〝運命の片翼〟なのに！

どうして僕以外の人に……それも女の人に、あんなにベタベタ触ったり、じっと見つめたりするわけ…⁉

まるで発情期の雄鳥みたいに、ハダルの一挙手一投足を夢中になって追いかけ、一時も目を離さないクラウスを見ていると、自分が幼い頃から聞いて育ったあの伝承が嘘《うそ》だったのかと、疑心が芽生える。

上の空で宿の廏番《うまやばん》に馬を預けてから、ルルは混乱して思わず頭を掻きむしった。

ルルの隣でラドゥラ聖導士も「そんな…あり得ない…」と譫言《うわごと》のようにつぶやいている。

さらに、夕食のあと「しばらくふたりきりにしてくれ」と言われて部屋から追い出されたルルは、同じくハダルに追い出されたらしいラドゥラ聖導士と一緒に、部屋の扉に耳を押しつけて盗み聞きを試みる羽目になった。

「聞こえるか?」

『ううん』と首を横に振りながら、ルルは瞬きをして涙目を誤魔化した。

――いったい何が起きているんだろう…。

「まいったな…。まさかハダルが〝運命の片翼〟に出会うなんて。そんな奇跡、起こりっこないって思ってたのに」

「……ッ!」

どんなに耳を澄ましても部屋の中の会話は聞こえないことに苛立《いらだ》ったラドゥラ聖導士が、扉に背を預けて天を仰ぎ、独り言のようにぽつりとささやいたその言葉に、ルルは驚いて顔を上げかけ、意思の力で俯いたまま拳をにぎりしめた。

――〝運命の片翼〟!? ハダルが、クラウスの…!? ってことは、ハダルは僕と同じ〝聖なる癒しの民〟だってこと? それが本当だとしても、そんなのあり得ない。だってクラウスは僕の……――。

にぎりしめた拳で唇を押さえて、必死に動揺を隠す。ここで激しく反応してラドゥラ聖導士に自分も〝聖なる癒しの民〟だと知られたくない。なぜなのかはわからないけれど、絶対に知られたくないと思う。

「おまえ――ルルっていったか、あのクラウスって男とどんな関係なんだ？　従者か？」

クラウスに対するときに比べると、ずいぶんぞんざいな言葉遣いで訊ねられ、ルルは顔を伏せたままふるふるっと首を横に振った。

「ああ、そうか。口がきけないんだっけ」

まいったな。なんにも訊《き》けないじゃないか。

そう口の中でつぶやかれて、ルルは身の置きどころのなさに襲われた。

それきりラドゥラ聖導士はルルに対する興味を無くしたらしい。再び扉に耳を押し当てたのでルルはそっと立ち上がり、その場を離れた。そのまま宿の裏庭に逃げ込んで、去りゆく夏の名残の湿った夜風に身をさらし、草陰にしゃがみ込んで、ぼんやりと月を見上げる。しばらくして、クラウスが抑えた声で自分の名を呼ぶ声が聞こえてきた。ルルはそれを無視して、膝を抱えた腕に顔を伏せた。さほど間を置かず、間近で草を踏み分ける音が聞こえ、頭上からやさしい声が降ってくる。

「ルル。こんなところにいたのか。宿の食堂にいろと言っただろう。――どうした、泣いてるのか？」

ルルは顔を上げ、クラウスの隣にも背後にもハダルの姿がないことを確認して立ち上がり、クラウスに駆け寄って抱きついた。

「なんだ急に。甘えたくなったのか？」

恐れていた拒絶はなく、クラウスはこれまでと同じようにルルを抱きとめ、抱きしめてくれる。そのことに一度は安堵したけれど。

「俺がハダルとふたりきりになったから、焼きもちを焼いたのか？」

冗談めかして言われた言葉に、胸がぎゅっと締めつけられる。声の出ない喉から、きゅっと空気を絞るような音が出た。

ルルは『違う』と首を横に振り、両手をにぎりしめてクラウスの胸をドンドンと叩いた。

──違う。違う…！　ハダルがクラウスの〝運命の片翼〟なんて嘘だ。絶対違う。クラウスの〝運命の片翼〟は僕だ。僕だよ！

僕のはずなのに──…！

拳を振り上げるたび、胸の中でどくどくと不安が膨らむ。喉の奥、鳩尾のあたりが張り裂けそうに痛んで、ルルは自らの胸を掻きむしりながら声なき叫びを上げた。

「ルル？　どうしたんだ、落ちつけ」

両方の手首ををやんわりつかまれ、かぎ爪のように強張《こわば》った両手を胸から遠ざけられても、ルルは震える身体の力を抜くことができなかった。音のない叫び声を上げながら泣き出すと、気づいたクラウスがそっと抱きしめ直してくれた。やさしいのに、絶対に逃さないという力強さで。

「からかって悪かった。どうしてそんなに荒れているのかわからないが――。もしも、俺がハダルを選んでおまえを捨てるとか考えて、不安になっているなら、とんだ杞憂《きゆう》だぞ。最初に約束しただろ？　おまえは、おまえの気が済むまで俺と一緒にいていい」

クラウスは、フーフーと息を荒らげて逆立つルルの背中を撫でながら言い聞かせる。

背中に当てられた大きな手のひらが温かい。抱きしめてくれる腕が力強い。そして自分を安心させるために、ことさらやさしい声を出しているのがわかるから、今度は別の意味で泣きたくなる。

少し経って、ルルの呼吸が少し落ちついたのを見計らったクラウスが、ルルの顔を上げさせ、濡《ぬ》れた頬を両手の親指でぬぐいながら、内緒話のように声を潜めて告げた。

「俺は帰国することにした」

――え…？

「捜し求めていた運命の人を見つけたんだ」

「――……」

声が出せていても、おそらく絶句していただろう。ルルがあまりにも呆然とした顔をしたせいか、クラウスは困ったように目を細め、噛んで含めるように言い聞かせた。

「前に一度教えたことがあっただろう。捜し人がいると。ほら、方位盤の青い光。導きの灯を見せたときに」

――ああ…。

「ハダルが、俺が捜し求めていた人だった」

――嘘だ…。

そう叫びたいのに声が出ない。力も出ない。全身から力が抜けたように、手足の感覚がなくなっている。クラウスに腕をつかまれていなければ、そのまま崩れ落ちてしまいそうだ。天の浮島が頭上に落ちてきても、これほどの衝撃は受けないと思う。

「――…まえが一緒に来たいと思うなら、一緒に連れていく。それで、いいか？」

ぼんやりしていたせいか、クラウスが何か言っていたのに聞き逃してしまった。

『な・に？』

口の動きで何と言ったのか訊ねると、クラウスは少し困ったように溜息を吐いたものの、もう一度くり返してくれた。

「俺は国に帰る。ここから馬で三月ほどかかる。おまえさえよければ――いや、言い直す。おまえが嫌でなければ、ぜひ俺と一緒に来てくれ」

「――…」

是とも否とも答えられず、ただ唇を震わせるだけのルルを見て、クラウスは焦りとも苛立ちとも判じがたい不思議な表情を浮かべ、少し強い声音で言い募った。

「ルル。どこにも行く当てがないなら……帰る場所も、行きたい場所も他にないなら、俺と一緒に来い。俺がおまえの保護者になる。成人したら後見人を引き受ける。決してみじめな思いはさせないと約束するから」

苦労は、少しかけてしまうかもしれないが…と言い添えられて、ルルはその正直さにまた泣きたくなった。けれどこれ以上めそめそして彼を困らせたくない。だからうなずいた。

——うん。

わかった、僕はクラウスと一緒に行く。

一緒に生きる。

一緒にいれば、ハダルが〝運命の片翼〟だなんて、勘違いだっていつか気づく。だからそれまでの辛抱だ。ルルは己にそう言い聞かせ、拳でゴシゴシと涙の滲んだ目元をこすってから、しっかりと顔を上げた。

クラウスはきっとわかってくれる。

そんな希望を胸に抱いて、クラウスの故郷だというアルシェラタン王国への帰途についたものの、ルルは塩を揉み込まれた青菜より萎れる羽目になった。

まず、これまで当たり前にルルのものだった『クラウスの隣』が、ハダルのものになった。

クラウスはハダルが乗った馬の引き綱を持ってその横を歩く。ルルも馬に乗ってはいるものの、ふたりの仲睦まじい様子を――あまり見たくはないけれど、どうしても視界に入るので仕方ない――羨ましく眺めながらトボトボとうしろからついていく。ラドゥラはクラウスとは反対側のハダルの隣を定位置にしているので、必然的にルルはひとりぼっちだ。

野宿で食事を摂《と》るときも、当然のようにハダルがクラウスの隣に座る。反対側の隣にはなぜかラドゥラが座るので、ルルはハダルとラドゥラに挟まれた形でクラウスの対面に腰を下ろすことになる。焚き火を挟んで距離ができると、声の出ないルルはクラウスと意思の疎通が難しくなる。ほとんど不可能といっていい。なぜなら、ルルが手振りや視線でクラウスの注意を引こうとすると、必ずハダルが――まるで邪魔するように――絶妙の時宜《タイミング》で話しかけたり、腕に手をかけたり肩に触れたりして、クラウスの耳目を自分に引き寄せてしまうからだ。

仕方ないので俯いて、言葉少なにもそもそと食事をしていたら、

「どうしたルル。あまり食欲がないようだが。ほらこれ、おまえの好物だろう」

クラウスのほうから声をかけられて、嬉しくなって顔を上げると、焼き串に刺さった穴兎《あなうさぎ》の焙り肉が目の前でジュージューと音を立てていた。クラウスがわざわざラドゥラの前を横切る形で腕を伸ばし、ルルに届くよう差し出してくれたのだ。

ルルはコクリと大きくうなずいて『ありがとう』と謝意を示し、焙り肉を受けとった。フウフウと息を吹きかけてからパクリとかぶりつき、ちらりと視線を向けると、どこかほっとした

表情を浮かべたクラウスと目が合う。ルルが唇の動きで『美味しい』と伝えると、どうやら理解したらしい。嬉しそうな笑みを浮かべてうなずいてみせた。

昼間の寂しさとは裏腹に、こんなふうに通じ合える瞬間があるとルルの気持ちも軽くなる。

それなのに、クラウスの隣で何か言いたげに目を細めていたハダルに冷たい瞳で睨みつけられたとたん、浮かれた気分はぺしゃりと叩き落とされ、再び不安になってしまった。

だから、その夜。

皆が寝静まったのを確認したルルは、そっと静かに起き上がり、物音を立てないよう注意しながらクラウスの隣に潜り込んだ。日中は常にクラウスの隣を離れないハダルも、さすがに婚姻前の男と同じ寝床で眠るわけにはいかないらしく、少し離れた場所でラドゥラに護られながら眠っている。

「――……ん」

ルルがごそごそと身を寄せると、クラウスは半分眠りながらも腕を上げ、ルルが眠りやすいように場所を空けてくれた。ルルは安心してクラウスの胸元に顔を埋《うず》め、ぎゅっとしがみついて目を閉じた。こうしていると、これまでと少しも変わらない安心感に包まれる。

――ハダルがいたって、クラウスは僕を大切にしてくれる。僕との関係は変わらない。

ルルはこのとき、まだ無邪気にそう信じていた。

翌朝。食事中にハダルが、「そういえば、ルルさんはもう成人におなりなのに、まだ幼子《おさなご》のようにクラウス様に添い寝をねだっていらっしゃるの？」と、素朴な疑問の態《てい》でルルを揶揄《やゆ》した。ルルはそれが揶揄だと気づいて頬が赤らむのを感じた。ハダルの声や言葉遣いはとても巧妙で、聞く者によって正論にも当て擦りにも聞こえる絶妙の響きがあるようだ。その証拠に、クラウスはそれを正論と感じたらしい。

「確かにそうだな。——俺も前から、ルルには『もう大人なんだから添い寝は控えろ』と言っていたところなんだ。なあ、ルル」

悪気なくハダルに同意したクラウスの言葉に、ルルは居たたまれなさと悲しさを感じて傷ついた。けれど言い返す術《すべ》がない。唇を引き結んで引き下がると、クラウスが一瞬『しまった』と言いたげな表情を浮かべ、ルルに手を差し伸べようとする。しかし、すぐさまハダルが別の話題を持ちかけたため、そのままなし崩しにその話は終わってしまった。

そのやりとりに落ち込んだものの、ルルは負けずに夜になるとクラウスの寝床に潜り込んだ。クラウスも半分呆《あき》れ気味な表情を浮かべつつ、仕方ないなと言いたげに黙ってルルを抱き寄せてくれる。その反応に、ルルはなけなしの自信をかき集めて己に言い聞かせた。

——いくらハダルが昼間のクラウスを独占したって、夜だけは僕のもの…。

僕のものだとつぶやきながら、ルルはクラウスにしがみついて眠りに落ちた。

翌日。

昼の休憩を取るために馬を降りたルルが、何も考えずにぼんやりハダルの横を通り過ぎようとした瞬間、ハダルが急に「きゃあ！」と悲鳴を上げて派手に転んだ。

『え…!?』

驚いて振り返ると、少し離れた場所に馬の手綱を結びつけていたクラウスが、急いでハダルに駆け寄ってくるのが見えた。

「どうした？　大丈夫か」

樹の根にでもつまずいたのかと苦笑しながら膝をつき、手を差し伸べたクラウスに、ハダルは儚《はかな》げな様子ですがりつきながら、悲痛な声を洩《も》らした。

「ルルさんが…――」

「え…？」

「ルルさんが、わたくしの足をひっかけて」

真に迫った表情と仕草でハダルにそう訴えられて、クラウスが咄嗟《とっさ》にルルを見上げる。

――嘘だ！

ルルは激しく首を横に振り、濡れ衣だと否定した。クラウスももちろん、ルルがそんなことをわざとするはずがないとわかっている。わかっているが、それならなぜ、ハダルがそんな嘘をつくのか理解できないのだろう。混乱した表情でルルからハダル、そしてまたルルへと視線を移して口を開いた。

「ハダル、君の勘違いだ。ルルはわざとそんな意地悪をする人間じゃない」

「でも…、確かに…ルルさんの爪先がわたくしの…っ」

自分の言葉を信じてもらえなくて傷ついたのか、ハダルは瞳を潤ませ、声を詰まらせた。

「私も見ました。確かにルル殿がハダルの足をひっかけたところを。とても素早く巧妙に」

ハダルに続いてラドゥラがそう証言したことで、クラウスの表情に陰りが生まれる。眉根を寄せ、紗がかかったような表情でルルを見る。

——違う！　ハダルもラドゥラも嘘をついてる！　濡れ衣だ…！

ルルは激しく首を横に振り、音の出ない声で訴えた。けれどクラウスの表情は晴れない。

少しだけ考え込んだあと、クラウスはハダルを抱き上げながら判決を下した。

「ルルがわざとハダルを転ばせたとは思わない」

「でも…！」と反論しかけたハダルを、クラウスは一瞥《いちべつ》で抑えて続ける。

「しかし、自分では気づかぬうちにうっかりハダルの足をひっかけてしまったのは、ルルの不注意だ」

『違う！』と首を横に振ったルルの反論も、クラウスは認めなかった。

「ルル、ハダルに謝りなさい。それからハダルも、ルルがわざとやったという告発は取り消して、謝罪を受け容れて仲直りを」

ルルが『嫌だ』と拒否したのとは対象的にハダルはしおらしくクラウスの提案を受け容れた。

「わかりました。他ならぬクラウス様がそう仰《おっしゃ》るのなら。わたくしはクラウス様を信じます」

「ルルさん、疑ってごめんなさいね」と、ハダルにやわらかく微笑まれた結果、ルルは濡れ衣を払う機会を永遠に失った。その上さらに、素直に間違いを認めない意固地な人間だという烙《らく》印《いん》を押されることになってしまった。

――僕は欠片《かけら》も悪くないのに、どうしてこんなことになったんだろう。どうしてクラウスは、僕よりハダルの言い分を信じたんだろう。

決定的な瞬間を見ていなかったクラウスには、双方の言い分を聞いて判断を下すしかない。クラウスの立場上、どちらかを贔屓《ひいき》して決を下せば遺恨が残る。だから公平に裁いたのだと、第三者の立場なら理解できただろう。けれど、このときのルルには受け容れ難かった。

クラウスの判断は、自分よりハダルを優先しているように感じる。

――だって僕はハダルの足をひっかけてなんかいない。あれはハダルが勝手に転んだのに、たまたま側にいた僕のせいだって勘違いしたんだ。

そのことを言葉で弁解できないことよりも、クラウスが信じてくれなかったことが辛《つら》かった。

ルルにとって辛い仕打ちはそれだけで終わらなかった。

次の日も、そのまた次の日も、前を行くクラウスとハダル――とラドゥラ――の後ろから、ひとりぼっちでトボトボと馬を進めているルルの目に、仲睦まじく会話を交わすふたりの様子が映る。

「まあ！　クラウス様、それってわたくしにくださるの？」

　引き綱を持つのはラドゥラに任せ、朝からずっと歩きながら手細工をしているらしいクラウスの手元を、ハダルがのぞき込んで声を上げる。クラウスはそれに、ぼそぼそと小声で答えた。

「いや…、これは…――で、――…練習台……」

「あら、では本番はわたくしにくださるのね」

「――どうかな。すまないが、それは約束はしかねる。……君にはアルシェラタンについてから、もっと相応《ふさわ》しいものを贈ろう」

「それは楽しみだわ」と返したハダルに、クラウスはやさしく微笑みかけた。ハダルも華やかな表情を浮かべて「うふふ」と笑う。端から見たら、仲の良い恋人同士のようなやりとりだ。

　無意識に、ぎりっ…とルルが奥歯を噛みしめた瞬間、ハダルがちらりと振り向いて小さく笑うのが見えた。勝ち誇るようなその表情に、胃の腑《ふ》が沸き立つような不快感を覚えたけれど、どうしていいのかルルにはわからない。

　そんなことが繰り返された数日後。

　その日は久しぶりに見つけた小さな村に立ち寄り、そこに一軒だけある宿に泊まることになった。その宿で摂ることになった早めの夕食の最中に、それは起きた。

『足ひっかけ冤罪《えんざい》騒動』のあと、ルルはハダルには近づかないよう用心深く振る舞っていた。それなのに、再び濡れ衣を着せられる事件が起きたのだ。

経緯は前回と同様、単純だ。宿の食堂は狭く食卓《テーブル》は小さい。席の都合上、ルルはハダルの向かい側に座った。そして宿の女将さんが運んできた熱々の煮込み汁《スープ》が盛られた深皿を中腰になって受けとった瞬間、ハダルが「きゃあッ！」と派手な悲鳴を上げて立ち上がった。ちょうどルルの手がハダルの肩近くにあったため、ハダルは熱々の煮込み汁《スープ》を浴びることになった。

その後に起きたやりとりは前回の騒動とほとんど同じだ。

ハダルは火傷《やけど》にならないよう冷たい水で煮込み汁《スープ》がかかった場所を冷やしながら「ルルさんがわざとお皿を落としたのよ」と言い募り、ルルは『違う、ハダルが急に動いたせいだ』と、身振り手振りで訴えた。そしてラドゥラは今回もハダルに有利な証言をして、クラウスも前回と同様、決定的な瞬間を見ていなかった。

「ルル…――」

困惑とかすかな疑いを浮かべたあと、その疑いを振り払おうと努力した結果の険しい表情でこめかみを押さえたクラウスに名を呼ばれて、ルルの中で何かが決壊した。

『僕はやってない！　不注意でもないっ！　全部ハダルがっ…――』

仕組んだことだと言い張りたくても、伝わらない。たとえ声が出たとしても、クラウスが信じてくれるか自信がなくなる。ハダルはとても巧妙で、決定的瞬間を見ていなければ、どちらの言い分が正しいかわからない状況をうまく作り出している。

それでもルルが徹底抗戦の構えを見せたとたん、クラウスは心底困り果てた表情を浮かべた。

その顔を見た瞬間、ルルは食堂を飛び出し、宿からも逃げ出した。

自分の存在がクラウスを困らせている。そのことが苦しくて。

クラウスがハダルより自分を信じてくれないことが悔しくて。辛くて。

宿の裏庭にまわり、そこから続く小高い丘に登って晩夏と初秋が入り交じった風に吹かれながら、膝を抱えて『どうしてこんなことになるんだろう。どうしてクラウスは僕を信じてくれないんだろう』と、考えれば考えるほど自虐に落ち込む自問を繰り返した。いくら考えても答えが出ない問いをしばらく繰り返していると、草むらの向こうから背の高い人影が現れた。

＊　＊　＊

「こんなところにいたのか。探したぞ」

クラウスはひとつ息を吐いてルルの隣——丘の頂上に生えた大樹の根元——に腰を降ろすと、無言でルルの肩を抱き寄せた。ルルは触れ合いを拒むようにクラウスの腕の中で身を硬くして、突っぱねるように距離を空けようとする。懐かない小鳥のようなその反応に、自分で予想したよりもずっと深く強く、落胆するのがわかって、クラウスはもう一度深いため息を吐いた。

こんなささいな拒絶に動揺するのは、自分がそれだけルルの信頼を必要としているからだ。無心に寄せられる信頼と、無邪気な触れ合い。私心のない奉仕の気持ち。ルルが惜しみなく差し出してくれる無自覚な愛情に、これまでどれだけ自分が救われてきたのか。

こんなふうに関係がぎこちなくなってから、ようやくクラウスは気づいた。

「なあ、ルル」

話の接穂《つぎほ》を探して静かに語りかけたとたん、ルルはびくりと震えて俯いた。さっきの騒ぎのことで叱られると思ったのだろうか。歯を食いしばり、固くにぎりしめた拳で唇を強く押さえて感情を押し殺している。今何か言えば、そのとたんに取り返しのつかないことになりそうだ。

クラウスは暮れなずむ夕空を見上げながらがさごそと懐を探り、目当てのものを取り出した。

「これを、おまえにやろうと思って」

強制ではない。あくまでも、気に入ってくれたらという前提で差し出したのは、手作りの指環だ。旅の道々、ハダルに『それは何？』と訊ねられても曖昧に誤魔化して作り上げた。〝導きの灯〟を吊《つ》るしていた銀鎖と、細い革紐《かわひも》を編み込んで小さな環にしただけの、素朴な指環。

「――…っ」

ルルがようやく顔を上げてクラウスを見た。それから手のひらの上に視線を戻して、もう一度クラウスを見上げる。その顔に様々な表情が浮かんでは消える。喜び、驚き、失望？　悔しさ？　そして再び嬉しそうに瞳を輝かせたので、クラウスはとりあえず安堵《あんど》した。

ルルが何を考え、感じたのか、すべてを理解することはできない。それでも態度が軟化して、それまで強張っていた身体から力が抜けたのがわかったので、クラウスもホッとしながら手作りの指環を持ち直した。

「ほら、嵌めてやるから手を出して。――うん。ぴったりだ。似合ってる」

自作への自画自賛にも聞こえる褒《ほ》め言葉に、ルルがようやく笑みを見せた。パクパクと声の出ない唇を動かして、どうやら『ありがとう』と言ってくれたようだ。それから少し俯いて目尻に滲《にじ》んだ涙を拭ったのを見て、クラウスの胸に強い愛《いと》おしさがこみ上げた。このまま抱きしめて、もみくちゃにして、それから大切な宝物を秘匿《ひとく》するように、誰にも傷つけられない安全な場所に隠しておきたい。そういう衝動。それをなんと呼ぶのか、よくわからないけれど――。

「ルル」

愛しさと慈しみを滲ませながら少年の肩を抱き寄せると、今度は素直に身を委《ゆだ》ねてくれた。それに安心して、クラウスはようやく言い出しにくい話題を口に出した。

「さっきのことだが――」

再びルルが身を固くする。けれど、このまま有耶無耶に済ませていい話ではない。クラウスは心を鬼にして切り出した。

「おまえに悪気が無かったのはわかってる」

「――…」

「だけど、ハダルにも悪気はない」

『どうしてそれが、クラウスにわかるわけ?』と言いたげに、ルルはキッと顔を上げて立ち上がり、その場から離れようとした。クラウスは咄嗟にルルの手をつかんで引き戻すと、空いているほうの手でくしゃくしゃと前髪を掻《か》き上げて溜息を吐いた。

「ちゃんと説明する。だから聞いてくれ。俺が、出会ったばかりの彼女を信じる理由。彼女がどうして俺の『捜し人』だとわかったのか、その理由もちゃんと説明するから」

「…………」

不満と悲しみと苛立《いらだ》ちを含んだルルの表情に、クラウスは頭を下げる思いで訴えた。

「おまえにはハダルと仲良くして欲しいんだ」

ハダルとは不仲になって欲しくない。その願いの理由を突き詰めれば、ルルに自分の行動を理解して欲しいという思いに行き当たる。ルルには俺のことを誤解して欲しくない。わかって欲しい。俺の立場を。ルルにだけは誤解されたくない。

有り体に言えば、そういう明け透けな欲求だが、それがクラウスの正直な望みだった。

自分はよほど情けない表情を浮かべていたのだろうか。今度はルルが小さく溜息を吐いて、仕方なさそうにクラウスの隣に座り直してくれた。クラウスはこれまで何度もそうしてきたようにルルの肩を抱き寄せ、内緒話のように声を潜めて話しはじめた。

「俺の国では、四年前に前の王が崩御したんだが、次の王が決まらず国が乱れて、このままでは内乱という騒ぎになった。崩御した先王には息子がいたが、親の評判が悪かったせいで息子のほうもすこぶる人気がなくて。反対に、先王の弟の息子、つまり王子の従兄弟《いとこ》だ。そっちは親子共々人気があって、次の王に推す者が多かった。まあいわゆる、お家騒動というやつだ」

あえて自分の出自を詳しく説明しないのは、過去の経験から安易に教えるべきではないと咄嗟に判断したからだ。秘密主義は己の身を守るために身に着けた習性だが、秘密を知った人間《ルル》を守るためでもある。知らなければ、拷問されても答えようがない。知らなければ、訊ねられても自然に「知らない」と答えられる。誤魔化す必要がない。そうしたささいな反応の差異が、生死を決める場合がある。

だからルルにはぎりぎりまで、自分の身分は明かさないとクラウスは決めている。そんな真意など気づきもしないのだろう、ルルが、

『その話と、クラウスがハダルと仲良くなって連れ帰るのに、なんの関係が？』

そう言いたげに唇を尖《とが》らせたので、クラウスは前髪をくしゃくしゃとかき上げた手を、そのまま首の後ろに当ててわずかに俯いた。

難しい話かもしれないが理解して欲しい。その一心で話を続ける。

「評判の悪い先王の息子と、人気のある先王弟の息子は、それぞれの臣下や支持者が争って国を二分する内乱に発展するのを避けるため、先に〝王の証《あかし》〟を伴侶として連れ戻った者が次の王位につく、ということで合意に至った。ついでに王族だけでは不公平だということで、古来の伝承に則《のっと》って、アルシェラタンの民なら誰でも、一番最初に〝王の証〟を伴侶として連れ帰りさえすれば、その者が王として認められる――という布令が大々的になされた」

意味がわかるか？　と確認すると、ルルは自信なさそうにうなずいた。もう少し説明が必要だと判断して、クラウスは大陸全土で語り継がれている伝承を話すことにした。

「世界のどこか、この世とあの世の狭間にあると言われている秘された聖域に、ひっそり隠れ住む一族がいる。彼らは奇跡の力を持つゆえに聖なる一族とも呼ばれるようになった。彼らが普段隠れ住んでいる聖域に、外の世界――すなわち俺たち――が足を踏み入れることを許されるのは、四十九年に一度の祝祭期間のみ」

祝祭は知っているかとルルに確認すると、今度は自信たっぷりにうなずく。さすがに有名な行事だから当然かと、クラウスもうなずき返して話を続ける。

「古来、祝祭の期間に聖なる一族に求婚し、その心を勝ち得た者は、王たる資格を持つ者として万人に認められ、玉座に上ったという。たとえそれが一介の羊飼いや農民であっても。聖なる一族を伴侶にすることができさえすれば、王として認められたんだそうだ」

聖域の外では彼らのことを〝聖なる癒しの民〟と呼び称すことが多い。なぜなら、彼らが有している能力で最も有名なのが癒しの力だからだ。しかし、クラウスの故国アルシェラタンのように王位継承問題がこじれて長引くような国では、彼らを〝王の証〟と呼ぶこともある。

〝聖なる癒しの民〟は、呼び名の通り聖なる力、そして癒しの力を持ち、運命に定められた伴侶と正しく結ばれ、正しく絆《きずな》を結んだと天に認められたなら、神秘に包まれたその力は本人とその伴侶だけでなく、あまねく国土、民たちに行き渡ると言い伝えられている。

結果として国は富み、民は安らいで繁栄すると信じられているため、聖なる一族のひとりを見事伴侶として連れ戻ることができれば、それこそが王の証とみなされるのだ。

「だが、しかし――」

クラウスは苦いものがこみ上げた唾《つば》を飲み込んで言い添えた。

「ずいぶん前から、その伝統としきたりは形骸化している。四十九年に一度、聖域に足を踏み入れることができるのは王族や高位貴族、そして富裕者たちに独占され、なんの後ろ盾もない庶民が立ち入ろうとすると、槍や剣で追い払われてしまう」

そんな庶民にも〝王の証〟を得て、玉座を望む一縷《いちる》の希望がある。大々的に喧伝《けんでん》はされておらず、むしろ秘されている話だが、〝王の証〟は年に数人から十数人、秘かに聖域を離れて旅に出るのだという。旅には必ず聖導士がひとり付き添い、聖導士だけが使える移動機構を使って、大陸――すなわち世界――全土を旅して歩く。その目的は諸説あり、単なる成人の儀式だというものから、修行、見聞を広げるため、そして運命の伴侶を探すというものまで様々だ。

「知っていたか?」

もう一度確認すると、ルルはなにやら深刻な表情で考え込んだあと、クラウスの腕を強くつかんで注意を引き、唇の動きがよく見えるように顔を上げて、ひとつの単語を繰り返した。

最初は何を言おうとしているか分からなかったが、何度かくり返されてようやくわかった。どうやら〝王の証〟と言っているらしい。

「〝王の証〟がどうしたんだ？」

ルルは理解してもらえた嬉しさにパッと表情を明るくしてから、勢いよく自分を指さした。何度も〝王の証〟と唇の動きで繰り返しながら、自分を指さしてみせる。

「――ああ…、そういうことか」

ルルの言いたいことを理解したとたん、クラウスは苦笑した。

苦笑する以外に、どういう顔をしていいのかわからなかったからだ。

「おまえも〝王の証〟として、俺の伴侶になりたいって言いたいのか？」

ルルは我が意を得たりと言いたげに大きくうなずいてみせた。一瞬のためらいもなく、自信に満ちて。希望に満ちて。切なる願いに満ちて――。

その確信を得た瞬間、クラウスの心はえも言われぬ満足感で満たされた。

「やっぱりおまえは、俺のことが好きだったんじゃないか」

ルルはからかわれたと思ったのか、ぷくりと頬をふくらませ、それでも我が意が通じた嬉しさだろう。勢いよく抱きついてくる。クラウスはそれを抱きとめ、いつものようにやわらかな黒髪をわしゃわしゃと撫でまわしてやりながら、心の中で満足感に浸った。以前『ハダルにやきもちを焼いたのか』と確認したときは必死に否定していたが、やっぱりルルは俺のことが好きなのだ。いわゆるそういう意味で。伴侶になりたいと願うほどに。

無心に寄せられるその求愛に、クラウスは応えたいと思った。未来も過去も考えず、今この瞬間だけを選んでいいなら、今ここでルルを抱きしめて「俺もおまえが好きだ」と告白したい。咄嗟にそう思ってしまった。――けれど。

すぐにそんなことは不可能だと現実に立ち返る。自分の立場的にも、過去に交わした『あの子との約束』を果たすためにも。ルルを選ぶことはできない。それはもう決まったことなのだ。他ならぬ天の導きによって。だからクラウスは、あえてルルが傷つく言葉を選んだ。

胸元にしがみついていたルルをそっと引き剝《は》がし、噛《か》んで含めるようにゆっくりと。

「俺は…、おまえのことが大好きだし、可愛くて仕方ないと思っている。――だけどな、おまえは男だろう。男に子は産めない」

「――…ッ」

ルルが声の出ない喉の奥でひゅっと息を飲む音が聞こえた。

無邪気な希望に輝いていた少年の顔から、みるみる血の気が失せてゆく。代わりに広がったのは絶望だ。無防備に信じて差し出した手を振り払われ、拒絶された者の悲哀と衝撃。

厳然たる事実は時に鋭い刃となって、結ばれかけた絆と、未練を断ち切ってくれる。「男に子は産めない」という言葉は、子どもっぽい焼きもちと独占欲も含めて、あふれんばかりの思慕を寄せてくれていたルルの心と同時に、クラウスの未練も断ち切ってくれるはずだった。

「なぜなら、俺に課せられた責務には跡継ぎを残すというものも含まれているからだ」

虹色石《オパール》みたいな瞳がみるみる潤んで、水晶粒のような涙がこぼれ落ちそうになっている少年から視線を逸らし「だからおまえを伴侶にはできない」と、駄目押しのようにきっぱり言いきったのは、そうでもしなければクラウス自身の気持ちが揺らぎかねなかったからだった。

＊　＊　＊

俺には跡継ぎを残すという責務が課せられている。だからおまえを伴侶にはできない。なぜなら男に子は産めないからだと、厳然たる事実と一緒にクラウスの事情を淡々と告げられて、ルルは動揺のあまり倒れそうになった。世界がふらふら揺らめいている。

いや、揺れているのは自分のほうだ。

当たり前のことを言われて、これほど動揺したのは生まれて初めてだ。

——それは…、だって、仕方ないじゃないか…！

ルルは両手にぎゅっと力を入れて地面をつかみ、クラウスの支えを失って崩れそうな心と身体をなんとか保とうとした。視界がぼやけて歪みはじめる。鼻の奥が酢を嗅いだみたいに痛くなる。下を向いてぐすぐすと鼻をすすっていると、この世でこんなに惨めな人間は自分以外にいないと思えてくる。同時に、クラウスはどうしてこんなにひどい間違いを——勘違いをしているのかと、腹が立ってきた。

——男同士とか、子どもが産めるとか産めないとか、そんなの関係ない。だってクラウスの

〝運命の片翼〟は僕なんだから！　それ以上に大切なことがある？

泣き出した自分に呆れて立ち去ってしまうかと思ったのに、クラウスはつかず離れずの距離を保ったまま、再び腕を伸ばしてルルの頭を撫でようとした。その手を両手でつかんで外しながら、ルルは必死に瞳で訴えた。

――あなたが見つけたと思ってる〝捜し人〟は、僕だよ。ハダルじゃない！

もう一度、心を込めて自分を指さしてみせたルルから、クラウスは苦しげに目を細めて顔を逸らし、まるで自分に言い聞かせるように続けた。

「そんな悲しそうな顔をしないでくれ。おまえが俺を好いてくれているのは嬉しい。これは本当だ。しかしハダルを見つけた以上、おまえを伴侶に選ぶことはできない。彼女は俺の求婚を受け容れてくれた。俺の子を産むと約束してくれた。――それに、たとえおまえが女だったとしても、俺は――おまえを…選ぶことはできない」

クラウスの言葉がまるで巨大な槌《つち》のようにルルの頭を、胸を、心を打ち砕いてゆく。何度も何度も。自分が陶磁の器になって、金槌で叩き割られたらこんな気分だろうか。

「おまえが男で、子を産めないという理由以上に、俺がおまえを選ばない理由がある。それは、俺がずっと探していた運命の人がハダルだったからだ」

『違う！』

ルルは即座に立ち上がり、首を大きく横に振った。大きく、何度も。それは違うと否定する。

けれどクラウスには伝わらない。クラウスは、ルルがただハダルに嫉妬して駄々を捏《こ》ねているのだと思えるらしい。溜息を吐いて、クラウスも立ち上がった。

「――さっき、俺が出会ったばかりのハダルを信じる理由と、彼女がどうして俺の『捜し人』だとわかったのか、その理由を説明すると言ったよな」

そして静かに呼吸を整え、大切な宝物をこっそり見せるように声を潜めた。

「これは、おまえだから言う。おまえだけに教える秘密だ」

ルルの顔を見ないまま、そう前置きして、

「俺は十年前、死にかけたことがある。そのとき小さな子どもに助けられた。その子が、ハダルだった」

「――…ッ！」

「さっき『おまえを選ばない理由がある』と言ったのは、ハダルこそが、俺がずっと捜し求めていた人で、迎えに行くと約束した人だからだ。これは俺にとって譲れない約束なんだ」

違う！　と音のない声で叫んで、ルルは激しく首を振り、続けて自らを指さした。

――それは僕だ！　僕なんだ…！

どうして気づいてくれないの…!?

泣きそうになりながら詰め寄ると、クラウスはルルの手首を少し強めににぎり、抗議を押し留《とど》めた。彼のほうこそ『なぜわかってくれないんだ』と言いたげに、苦しそうに顔を歪ませて、

「ルル！」

常にない強い口調で名を呼ばれて、ビクリと身体が震える。

「頼むから聞き分けてくれ。俺もおまえのことは可愛いし、愛しく想ってる――弟みたいに。けれど、それとこれとは全然別の話なんだ。わかるか？」

――わからない…！

わからないと首を横に振るルルに、クラウスは痛みを堪えるような瞳で言い重ねた。まるで、自分自身に言い聞かせるように。ひと言ひと言噛みしめるように。

「十年前、俺はその子に約束したんだ。『必ず迎えに来る』と。けれど、次の祝祭は四十九年後だ。俺は聖域になんとか入れないかと何度も試した。何度も。だけど駄目だった。あきらめかけたとき〝聖なる癒しの民〟を伴侶にして連れ帰った者が次の王になるという布令が出た」

天啓だと思った。

だから何もかも捨てて旅に出た。

年に数人から十数人、聖域を離れて旅をするという〝聖なる癒しの民〟の中にあの子がいて、めぐり逢える奇跡を天に祈りながら。

そして――。

「あの子を、ハダルを見つけた」

まっすぐ、熱の籠《こ》もった瞳で見据えられ言い募られて、ルルは震えた。あまりに多くの事実と誤解が一気に押し寄せてきて、何から訂正して何を伝えればいいのか混乱する。

――あなたが言ってた〝王の証〟が〝聖なる癒しの民〟のことなら、僕にだって資格がある。それより何より、クラウスが約束したというその子どもは、僕のことだよ…！

「俺が、会ったばかりの彼女を無条件で信じるのは、それが理由だ。だからルルも、ハダルとは仲良くして欲しい。彼女は俺の妻になり、おまえは俺の――家族になるのだから」

「わかったか？」と問われて、ルルはふるふると首を横に振った。

そのときクラウスが浮かべた表情を、なんと表現したらいいんだろう。悲しみとあきらめが入り交じった、餓えて渇いた旅人が必死に手を伸ばしても、枝に生った果実に届かなかったときのような。落胆と失望を苦笑いで誤魔化した顔で、クラウスは独り言のようにつぶやいた。

「恋敵と仲良くなってくれというのは、さすがに俺のわがままか…」

――そういう問題じゃない。〝王の証〟が〝聖なる癒しの民〟のことなら僕にも資格がある。男で子どもが産めなくても、国と民のために力は使える！　それなら僕でもいいはずだ。だってクラウスが約束したのは僕！　僕なんだから…！

これまでどうやっても伝えられなかった自分の出自、正体を知らせる〝聖なる癒しの民〟という言葉がクラウスの口から出た。この好機を逃すものか。そんな気持ちでルルは激しく自分を指さしてみせた。十本の指で自分の胸を強く指し示してから、さっき嵌めてもらった手作りの指環をクラウスの眼前に翳《かざ》してみせる。

――指環！　約束の指環！

無くしてしまったけど、あなたにもらった約束の証。どうか気づいて。

ルルが『聖なる癒しの民』と『指環』という言葉を、何度も唇の動きでくり返し訴えても、クラウスにはなかなか伝わらない。ルルがあまりにも興奮していたせいもあったし、伝えようとした内容が複雑すぎたせいもあった。

「ルル、頼むから聞き分けてくれ。おまえがどんなに望んでも、俺はハダルを選んだんだ」

しばらく努力を続けたあとクラウスにそう諭されて、ルルはようやく理解した。

――ああ…そうか……。

そうなんだ。今さら僕も〝聖なる癒しの民〟だって気づいても、クラウスは僕を選ばない。そして身の証となるあの指環が手元にない以上、ルルには為《な》す術がないのだ。

「わかってくれたか？」

ようやく現実を受け容れて、力なく項垂れたルルの両手首をにぎりしめたまま、クラウスが安堵と――ルルにはよく理解できない感情が入り交じった声でささやいた。クラウスがさらに何か続けて言おうとしたとき、

「クラウス様、そこにおいででしたか」

すっかり陽《ひ》が落ちて黒ずんだ丘の麓《ふもと》から、呼び声が届く。

「ハダルがあなたを呼んでいます。どうしても、急いで話しておきたいことがあるから、と」

ザクザクと音を立て、ゆっくりした足取りで近づいてきたラドゥラに告げられて、クラウスは夢から覚めて現実に戻った人のように表情を改め、彼に向き直った。

「——…ああ。今、いく」

返事をしながら、クラウスは胸元にすがりついていたルルを静かに引き剝がして、離れた。

一歩、二歩、取り返しのつかない距離まで離れかけたとき、クラウスが思い出したように振り返り、ルルに手を差し出す。

「ルルも一緒に帰ろう」

井戸底に降りてきた命綱のようなその手に、ルルがすがりつこうとした瞬間、

「ハダルはまだ、食堂で受けたルル殿の仕打ちに傷つき悲しんでいます。今はクラウス様だけで戻られたほうが上策かと。ルル殿は、あとからおひとりでお戻りください。もう子どもではないのですから、いちいちクラウス殿の付き添いもいりますまい」

報告と助言をすらすら述べたラドゥラの口調は、添い寝をねだって夜中にクラウスの寝床に潜り込んでいることを揶揄したハダルとそっくりだった。

まるで言葉の荊《いばら》に絡まれたようにルルは動けなくなった。そんなルルを見てクラウスは一瞬何か言いかけたが、結局ラドゥラの助言に従うことにしたらしい。

「また後で話そう」

そう言い残して、ひとりでハダルが待っている宿に戻ってしまった。

そして、「また後で」と言ったクラウスとの約束が、旅の間に叶《かな》えられることはなかった。

その夜。ルルは眠気など欠片も訪れない絶望の中で、ひと晩中考え続けた。クラウスがどうしてハダルを『あの子』、すなわちルルだと勘違いしたのか。

——僕が無くしてしまった、あの指環以外に、何か印があったんだろうか…。

それとも、僕以外にもクラウスを助けた人がいて、それがハダルだったんだろうか…。

あらゆる可能性を悶々と突《つつ》きまわして考えても、答えは出ない。

翌朝。ルルの指に嵌まった手作りの指環に気づいたハダルは、一瞬目を瞠《みは》って唇を開きかけたが、結局なにも言わなかった。その後も特に変わった反応はせず、言及もしなかった。少なくともルルがいる場所では。クラウスとふたりきりのときにどうなのか——。

それこそルルには知りようのないことだった。

帰路は三ヵ月ほどかかるとクラウスは言ったけれど、実際は一ヵ月ほどしかかからなかった。なぜ三分の一に短縮できたかというと、ラドゥラ聖導士が本来は聖導士と〝聖なる癒しの民〟しか使用できない移動機構を使わせてくれたからだ。

移動機構は古代の遺跡を利用したもので、見た目は石造りの地下道だ。巨人が作ったのではないかというほど巨大な列柱に支えられたものや、半分水に浸《つ》かったもの、苔生した円蓋形のものなど、種類は場所によって様々だが、地下にあるという点は共通している。その地下道にある石盤を撫で、呪文を唱えると光る皿状の乗り物が現れる。それに乗って移動すると、不眠不休の早馬よりも早く目的地にたどりつける。

「これは、すごいな…。こんな技術があったとは知らなかった」

古代の遺構が今も現役で使用されていることと、その技術力の高さに、クラウスが感嘆の声を上げてあたりを興味深く見まわす。

「本来なら秘密なんですが。〝聖なる癒しの民〟であるハダルが伴侶と認めたクラウス様ですので、特別に」

ラドゥラ聖導士はうやうやしくそう言ってから、ちらりと、クラウスの腰巾着よろしくくっついている、おまけのルルを見た。最初、ラドゥラはルルが地下の移動機構に足を踏み入れるのを拒んだ。しかしクラウスが強硬に主張したのだ。ルルが一緒でないなら自分たちは予定通り馬と徒歩で国に戻る、と。それでラドゥラは折れた。

クラウスの主張は嬉しかったけれど、地下の移動機構を見たとたん、ルルはとても嫌な気持ちになった。嫌というより恐怖に近い。初めて見る場所なのに、なぜだろう…と思ったものの、聖導士や聖導院に関わるものを見たときに感じる恐怖と同じだったので、深く追及することなく意識の端に追いやった。

地下の移動機構から次の移動機構へはこれまで通り地上を馬で――ラドゥラ聖導士だけは徒歩で――移動した。

移動機構には簡易な宿泊施設がついており、わざわざ街や村に立ち寄る必要がなかったことも旅程の短縮になった。クラウスとルルだけならともかく、ハダルを連れて何日も野宿で過ごすのは難しいからだ。

帰路の何日目か。移動機構に併設された宿泊のための部屋で眠りについたルルは、夜中に小用で目が覚めた。隣の寝台で眠っているクラウスを起こさないよう気をつけて外に出て、少し離れた場所にある後架《トイレ》に向かう。用を足した帰り道、ふと、ハダルの部屋の扉が細く開いて、そこからわずかに光が洩れているのが見えた。

「……――」

あまり深く考えず、光に引き寄せられる蛾《が》のように近づいてしまったのは、半分寝惚《ねぼ》けていたせいか。それとも単なる好奇心か。

あとになって考えてみれば虫の知らせだったのかもしれない。クラウスと、自分の未来を守るための。――結局、役には立たなかったけれど。

ルルは息をひそめて気配と足音を消し、ひそやかに細く開いた扉に近づいた。深夜の静寂のおかげで、さほど耳をすますことなく部屋の中から小声が洩れ聞こえてくる。

「――…本当か？　勘違いじゃないのか？」

ひそめた声で問うたのはラドゥラ聖導士。

「勘違いならいいんだけど。心当たりがあるし、今月――…が来てないのは確かなの」

答えたのはハダルだ。

「心当たりって？」

「…――を飲み忘れた日があって」

「ああ…――」

沈鬱な静寂。再び声。

「明日にでも、あの男の寝床に忍び込んで抱いてもらえばいい。そうすれば――時期は誤魔化せる。おまえほどの美貌に迫られたら、どんな湿った木石だって火が点《つ》くぞ」

衣擦《きぬず》れの音に続いて、小さな忍び笑いが重なる。会話の内容はよくわからないものの、どこか淫靡《いんび》なものを感じて、ルルはそろりと半歩身を乗り出し、隙間から中をのぞいてみた。

「駄目よ。あのルルって子が邪魔だし、それにアルシェラタンでは、婚姻前に抱き合うのは禁忌なんですって」

そう言いながら、ハダルが肩にまわされたラドゥラ聖導士の手に、自分の手を重ねるのが見えた。ラドゥラ聖導士の指先はハダルのふっくらした胸に乗っている。ハダルは嫌がっていないばかりか、その手を自分で胸に押しつけている。

――な…に、してるの？

ルルは思わず息を呑んだ。なんだかとても嫌な感じがする。けれどその理由がよくわからない。

「面倒臭いな」

ラドゥラが、クラウスに対して見せる誠実そうな態度とはまるで違う、手強い策士のような口調でつぶやいたかと思うと、ふいに、静かになった。

「そこで何をしている」

なんの前触れもなく扉が開いて、ラドゥラ聖導士が上からルルを睨《にら》みつける。

「――……ッ」

ルルは驚いて飛びすさり、何でもないと首を横に振った。それから『寝惚けて道に迷った』と伝えようとしたけれど、もちろん伝わらない。ラドゥラ聖導士はしばらく射貫《いぬ》くような鋭い目つきでルルを睨んでいたが、やがてふ…っと息を吐いて表情をやわらげた。

「寝惚けたのか?」

向こうから与えられた助け船に飛びついて、ルルはブンブンと首を縦に振った。

「君は何も聞いていない。そうだな?」

これは、たとえ何か聞いていたとしても、黙っていろという脅しだ。ルルはこれにも縦に首を振った。ラドゥラ聖導士の目が、何かを見極めるように細められる。喉が干上がるのを感じながら、ルルはじりじりとその場から後退《あとずさ》ろうとした。

「君がもし今夜ここで聞いたことを、どんな形にせよ、クラウス殿に知らせるようなことがあったら、そのときは――」

ラドゥラはそこで一度口を閉じ、刃を突きつけるように言い添えた。

「君が、こっそり盗み聞きをするような卑劣な人間だと、私からクラウス殿に忠告することになる。いいね？」

ルルは驚いて首を横に振り、それからあわてて縦に振り直した。

しゃべれない自分と、弁舌の巧みなラドゥラでは勝負にならない。クラウスが簡単に自分に対する悪口を信じるとは思わないけれど、何を言われても――たとえそれが嘘でも捏造《ねつぞう》でも、ルルには弁解することも事実を告げることもできないのだ。

それに、こっそり立ち聞きしてしまったのは本当のことだから。そこを責められたら、ルルには弁解しようがない。

「君が余計なことを何もしなければ、今夜ここで、盗み聞きという卑劣な行為をしていたことはクラウス殿に黙っていてやる」

いつの間にか自分が脅されていることに疑問を覚えたけれど、ルルはうなずくしかなかった。

翌日から、これまでにも増して朝も昼も夜も、クラウスの側には常にハダルがぴたりと張りつくようになった。ルルの最後の砦《とりで》だった就寝中のクラウスの隣も、眠るときの部屋も、ハダルに奪われた。あまりにも一方的な独占に耐えかねて、ルルが一度だけ抗議しようとしたとたん、ラドゥラに『盗み聞きしていたことをばらすぞ』と言いたげな目で睨みつけられた。

さらにハダルが「そろそろ添い寝は卒業するべきでは？　見た目はともかく、ルルさんはもう子どもではないのだし。本来なら妻となる女性にだけ与えられる同衾《どうきん》の権利を、わたくしは我慢してますのに。ルルさんだけ特別扱いするなんて、ずるいですわ」と言いだしたので、引き下がるしかなくなった。「ルルさんだけ特別扱いするなんて、ずるい」という言葉にクラウスが苦笑して、ハダルに理解を示すような素振りを見せたからだ。

——クラウス、少し、変わった？

前みたいに、全幅の信頼が詰まった笑顔を見せてくれなくなった。ルルよりハダルを優先することが多くなった。せっかくルルに話しかけてくれても、ハダルが割って入ると、彼女のほうを向いてしまう。

これまでルルに向けられていた笑顔も、温かい抱擁も愛情も、ルルがどんなにがんばっても、ハダルにどんどん奪われてしまう。

そしてルルは、それをどうやったら取り戻せるのかまるでわからなかった。

途方に暮れたルルと、王になるために必要な〝聖なる癒しの民〟ハダルを得て嬉しそうなクラウス、何か腹に一物ありそうなラドゥラ聖導士、そして日に日にクラウスと距離を縮めて親密になってゆくハダルたちは、移動機構のおかげで雪の降りはじめた高山に旅程を阻まれるこ

とも、水嵩《みずかさ》の増した川に足止めされることもなく、三月《みつき》かかるところを一月《ひとつき》あまりで旅の終点
――クラウスの故郷アルシェラタン王国、王都キーフォスにたどり着いた。

◇ アルシェラタン王国

アルシェラタン王国の王都キーフォスは、ルルが予想していたよりはるかに大きく、人も多く、そして栄えているようだった。

最寄《もよ》りの移動機構出口から王都街壁の大門までの公路も広く、行き交う隊商や旅人の数も多い。ただ、王都周辺にもかかわらず、公路の石畳みは穴が空いたり崩れたりしている部分が目立ち、隊商に付き従う護衛や旅人が連れ歩く用心棒の多さが、治安の悪さを物語っていた。

「王が不在の間は執政院が代理で政《まつりごと》を行っているはずなんだが、細かい部分までは目が行き届いていていないようだな……──」

独り言のようにつぶやいたクラウスは、左顔面を覆う布がずれていないか用心深く確かめて、ルル、ハダル、ラドゥラ聖導士を大門の向こうに広がる王都《キーフォス》に導いた。

旅の間鬱々としていたルルは、眼前に広がる巨大な都市の風景を目の当たりにして思わず息を呑《の》み、顔を上げてあたりを見まわした。

十数階もある巨大で堅牢《けんろう》そうな、素晴らしく手の込んだ建物がいくつもある一方で、四隅に棒を立てて布を被《かぶ》せたものに毛が生えた程度のあばら屋もたくさんある。一番多いのは、ひと部屋分ほどの大きさしかない方形の家屋だ。そうした小さな家が、巨大な建築物のまわりにひしめいている様は、まるで千年の古木の根元に生い茂る箱茸《はこきのこ》のようだ。

街路を歩いている人々の外見も、建物と同じように差が激しい。上質な衣《きぬ》で仕立てた美しい服で着飾り、従者に傅《かしず》かれながらそぞろ歩く貴人がいるかと思えば、捨てる寸前の雑巾のようなボロを纏《まと》った人もいる。一番多いのは装飾のない丈夫なだけが取り柄の地味な衣服を身に着けて、荷車を引いたり、荷物を背負ったり、職人工房で物を作ったり、家屋を修繕したり、建てたり、壊したり、店で商品を売ったりしている労働者や商人たちだ。

広い街路の真ん中は二頭立てや時には四頭立ての馬車がたくさん行き交い、その両側を徒歩の人間が流れる水のように行き来している。時々無理やり馬車の前を横切って向かい側へ渡ろうとして混乱を起こす者がいたり、荷車をひっくり返して渋滞を起こしたりしている。「スリだ！」と叫ぶ男の声に女の悲鳴が重なったかと思うと、次の瞬間には足元を走りすぎるつむじ風のような、子どもたちの歓声が響きわたったりする。石畳みを行き交う車輪の音、物売りの声、荷役人たちのかけ声、喧嘩《けんか》、談笑。様々な音と匂いと人混みのすごさに、

──目がまわりそう…。

「ルル、よそ見をしてはぐれるな」

鞍上《あんじょう》でふらついていると、ハダルを前に乗せたクラウスが二馬身向こうからふり返り、心

配そうに眉根を寄せて手招きする。

「……っ」

ルルはきゅっと唇を噛《か》み、ぐっと下腹に力を入れて手綱をにぎり直し、追いかけた。

クラウスは迷路のような王都の街路を、勝手知ったる者特有の迷いのなさでずんずんと進んでいく。街路から街路へ、右に左に曲がり、混雑している道を迂回《うかい》し、ときには来た方向に戻ったりしながら、どんどん都の中心地に向かってゆく。

目指しているのが中心地だとわかったのは、そこに王城があったからだ。都のどこからでも──高い建物に遮られなければ──見ることができる、秋の陽《ひ》を弾いて燦然《さんぜん》と輝く王城の白と青の外壁。それがだんだん近づいてきて、ついには、目と鼻の先に感じられるほどになった頃、クラウスは人通りのない私道らしき道をたどって、一軒の邸宅の門を叩《たた》いた。

門扉の向こうからやってきた家従に、クラウスは何か渡す。家従がそれを持って一度邸宅内に引っ込むと、さほど時を置かず中から邸宅の主人と思《おぼ》しき、立派な衣服を身にまとった男が驚いた顔で現れ、小走りに近づいてくる。

「──殿…、クラウス様！」

「パッカス！　息災そうで何よりだ」

クラウスにパッカスと呼ばれた男は、付き従ってきた従者に命じて素早く門を開けさせ、うやうやしい所作でクラウスを歓迎した。

「よくぞ…、よくぞご無事でお戻りくださいました…！　家臣一同、首を長くして一日千秋の思いでお待ちしておりました。さ、どうぞ中へ。お連れの皆様もどうぞ」

男は一行を邸宅の中へと導きながら、ハダルを見て息を吞み、次にラドゥラ聖導士に目をやって小さくうなずく。最後にルルをちらっと見たもののすぐに興味を無くしたのか、視線をハダルに戻した。それからクラウスに向かって「では、この方が…」と、ハダルを示しながら確認するように訊《たず》ねる。クラウスがそれに重々しくうなずいてみせた瞬間、男の顔に浮かんだ歓喜の表情は、まるで予期せぬ贈り物をもらった子どものようだった。

すぐに家従が呼び集められ、主人の指示によって次々に動き出す。侍女はハダルを邸宅の奥に導き、従僕はラドゥラをハダルとは別の奥に導く。

クラウスは邸宅の主人パッカスに先導されて、ハダルやラドゥラとはまた別の場所に向かって歩きはじめた。迷いのない足取りで移動しながらパッカスに小声で何かを訊ね、返答を聞くとすぐさま別のことを訊ねている。

「イエリオは？」

「まだ帰国しておりません。――二年前に一度、誰も連れずに戻られましたが、再び出国して以来、音沙汰がございません」

「他に誰か」

「おりません。クラウス様が一番乗りでございます」

「城内の様子は?」

「先王派と先王弟派のいがみあいは相変わらず。執政院がなんとか抑えておりますが…」

続けてルルの知らない名前がいくつか出て、誰が力をつけてきた、誰が誰について誰を裏切ったという内容が続いたが、もちろんルルにはなんのことかさっぱりわからない。

「着替えを済ませたらハダルを伴ってすぐ城に入る。警護の人選はそなたに任せた」

「先触れは?」

「入城と同時でよい。敵方にこちらを迎える準備時間をくれてやる必要はないからな」

「畏《かしこ》まりました」

深く一礼した主人が、ふと背後からついてくるルルに気づいて小首を傾《かし》げた。その表情を見て思い出したのか、クラウスもふり返ってルルを見た。そして主人に告げる。

「この子の名前はルルだ。俺の——客人として遇してくれ」

「承りました」

「着替えと食事、必要なものを…ああ、ルルは声が出ない。文字もほとんど読めないし書けない。手話も基礎的なものがわかるだけだから、心を配ってやって欲しい」

「畏まりました。身内に唖者《あしゃ》がいて心得のある者がおりますので、その者をつけましょう」

「頼む」

クラウスは手配を済ませてほっとした表情を浮かべ、

「ルル。彼はアルベルト・パッカス。俺が最も信を置く者で、ここは彼の家だ。気を楽にして身体《からだ》を休めてくれ。何かあれば従僕に言伝《ことづて》を。言伝の仕方は彼が教えてくれる。——そんなに不安そうな顔をするな。大丈夫だ、すぐまた会える。今は急いでしなければならない事があって留守にするが、諸々《もろもろ》の説明は改めてするから。それまでゆっくり寛《くつろ》いでいてくれ。また後で会おう」

ちょうど建物の奥まった場所にある重厚な扉の前で立ち止まると、そう言い残して扉の向こうに消えてしまった。一連の動きがあまりにもなめらかでさりげなく、側《そば》に駆け寄ってすがりつく暇もなかった。

「…——っ」

ぽつんと廊下に残されたルルが途方に暮れかけたとき、クラウスがルルに話しかけている間に、主人《パッカス》に呼び寄せられて何か言い含められた家従のひとりがそっと近づいてきた。

「ルル様はこちらにどうぞ。すぐに専属の従者が参りますが、それまでは私が案内とお世話をいたします」

丁寧な言葉遣いでうやうやしく説明されて、ルルは戸惑いながらも、クラウスが消えた扉と自分を交互に指さし、自分も中に入りたいと身振りで訴えた。家従はルルの希望を察してくれたものの、扉を開けてはくれなかった。

「殿下はこれからお城に入る準備で忙しくなります。ルル様は別室で旅の疲れを癒し、殿下からお呼びがあるまで心安らかにお待ちください」

クラウスと同じことを言われてしまうと、これ以上粘っても仕方ないとあきらめる。

そして、家従が今クラウスのことを『殿下』という敬称で呼んだことに気づいて息を呑み、すぐに『やっぱりそうだったのか…』と納得した。

クラウス、やっぱりそうだったんだ…。

そのことに、喜びより不安と身の置きどころのなさを感じてしまう。たぶん側にクラウスがいてくれたら――、本人から「俺は王族だ」と教えてもらっていたら――、もっと違う反応になったと思う。

「ルル様？」

家従に促されて、ルルは顔を上げた。

――クラウスは、またあとで会おうって言ってくれた。以前も同じ約束をして、それはまだ果たされていない。……でも、きっと大丈夫。クラウスはきっと約束を守ってくれる。

そう自分に言い聞かせて、案内の家従についていくことにした。

パッカス邸はかなりの広さがあるらしい。廊下を何度か曲がって、控えの間つきの立派な一室に通されたルルは、運び込まれた大きな盥《たらい》と、そこに満たされた湯で身体を洗い、真新しいひと揃《そろ》いの衣服に着替えるよう勧められた。

クラウスが一緒なら、どんなに喜んではしゃいだことか。でも、彼はいない。

ルルはしょんぼり項垂《うなだ》れたまま服を脱ぎ、湯を使って身を清めはじめた。そのうち、いつの間にかいなくなった案内人とは別の家従が現れて「ルル様のお世話をさせていただくフォニカと申します。ご希望があればなんなりとお申し付けください」と頭を下げたので、ルルは驚いて盥の中で身を屈《かが》め、おそるおそるうなずいた。フォニカはクラウスと同じ年頃で、けれどクラウスよりずっと痩せていて背も低かった。どちらかというと身体つきはルルに近い。フォニカは雀斑《そばかす》の浮いた顔に朴訥《ぼくとつ》で善良そうな笑みを浮かべてルルに近づき、盥の縁に持ち手のついた呼び鈴を置くと、

「御用があるときはこの呼び鈴を振ってお知らせください」

そう言ってから、今度はルルが脱いで畳んでおいた服や靴、荷物を持ち上げると、そのまま部屋から出て行こうとした。

「……ッ」

——どこに持って行くの⁉　それはクラウスに買ってもらった大事な服と靴と荷袋だ。盗《と》らないで！

あわてて立ち上がり、音の出ない声で叫んだけれど、背を向けたフォニカは気づかない。ルルは盥の縁に置かれた呼び鈴を思い出してつかみ上げ、思いきり振った。

フォニカが振り返って戻ってくる前に、ルルは盥から飛び出して駆け寄った。そして驚いているフォニカの手から服を取り戻すと、両腕でぎゅっと抱えて、震えながらその場にしゃがみ

込んだ。

「あ…の、申し訳ありませんでした」

フォニカは戸惑った声で謝ってから、ふいに事情を察したらしい。ことさらやさしい声で言い足した。

「盗ったり捨てたりするつもりはないんです。その服はずいぶん汚れていますから、こちらで洗って——もちろん濡れたら困るものは避けて——お戻しするつもりでした」

でも、ルル様がどうしてもお嫌だと言うのなら、そのまま取っておいてくださっても構わないのですよ。どういたしますか、と問われてルルはそろそろと顔を上げた。

「驚かせてしまって申し訳ありません」

もう一度、重ねて謝られて、ルルは自分の過剰な反応が恥ずかしくなった。

——でも…。

ハダルの出現でクラウスとの間に距離ができた。そしてこの屋敷に着いてからのクラウスは、旅の間とはまるで別人のようで、どうしてか不安になった。ハダルと出会う前はよくそうしていたように、クラウスが一緒に湯を浴びて、互いの身体を洗い合ったりしていたら、ルルは服を持ち去られても気づかなかったかもしれない。でも…——。

今となっては、肌身離さず嵌《は》めている手作りの指環と、身に馴染んだこの旅服だけが、クラウスと自分を繋いでくれる唯一の絆のような気がして——。

「……っ」

ルルは水浸しでしゃがんだまま、汚れた旅服を抱きしめて顔を歪《ゆが》めた。泣いても仕方ないとわかっていても、涙がこみ上げて堪《こら》えきれなかった。

「……っ、……っ」

何度かしゃくり上げ、鼻をすする音だけが静かに響く。冷えて震える肩に、フォニカが温かな手をそっと乗せて盥のほうへ押し戻してくれた。フォニカはそれ以上余計なことは何も言わず、旅服を抱きしめて離さないルルを盥に入れ直し、背中や腕、足、そして髪を洗った。そしてルルがずぶ濡れになった旅服をなんとか手放すと、残された場所もしっかり洗い上げてくれたのだった。

その夜。クラウスにもらった手作りの指環が壊れた。元々構造上、無理のある造りだったのか。風呂に入るときも水浴びのときも、肌身離さず嵌めていたのが仇《あだ》になったのか。

ルルは泣きながら、壊れて床に散らばった指環の残骸を大切に拾い集め、小さな袋に収めて首にかけた。そして夜遅くまで、クラウスが呼び寄せてくれるのを待っていた。けれど結局、呼ばれなかった。そして翌日の昼近くになって、ようやくフォニカから教えられたのだ。

「昨日《さくじつ》、夕の刻に御帰城あそばされたクラウス殿下は、同伴された〝聖なる癒しの民〟ハダル様を執政院に引き合わせ、本物だと満場一致で認められたとのこと。これにより長らく続いた王位継承争いは決着。クラウス殿下が我がアルシェラタン王国国王として戴冠および即位されることとなりました。戴冠の儀は本日夕刻から明日にかけて、王城に隣接する聖導院大本堂で執り行われます」

「――……」

あまりの急展開についていけず、呆然《ぼうぜん》と目を丸くしたルルの表情がよほどおかしかったのか、それとも単にクラウスの戴冠と即位が嬉《うれ》しいのか、フォニカは満面の笑みを浮かべて言い添えた。

「即位の式典は十日後。〝聖なる癒しの民〟ハダル様とのご婚礼の儀と同時に執り行われる予定です」

＊＊＊

三年振りに帰還した王宮は、以前にも増して陰鬱な空気がそこかしこに淀《よど》んでいるように感じられた。

クラウスは忠臣アルベルト・パッカスと、短時間で可能な限りの詳細な打合せを済ませてから王宮に乗り込んだ。この日があることを見越して訓練を怠らなかったパッカス家の私兵と、クラウスの父が残してくれた近衛たちを要所に配し、敵方――叔父と彼に与《くみ》する一派――の邪魔が入る前に素早く執政院に到着して、帯同した〝聖なる癒しの民〟ハダルを披露した。

ハダルはその場でクラウスが自ら傷つけた腕の傷を癒してみせ、〝聖なる癒しの民〟としての証《あかし》を見事に打ち立てた。さらにその場でクラウスが求婚し、ハダルが承認したことで婚約も成立した。

その翌日、即位の儀と同時に、通常なら数ヵ月の準備期間をおいて行われる婚姻の儀が執り行われることになったのは、猶予期間を与えれば叔父である前王弟一派が画策して、最後の悪あがき——暴動や内乱——を起こす可能性があったからだ。

叔父は以前から聖導士と懇意にしており、噂《うわさ》では〝贄《にえ》の儀《ぎ》〟を復活させようと目論んでいるという。すでに小規模なものを秘密裏に復活させたという噂も、一部ではあるが流れていた。

もしもそれが真実だとしても、叔父も簡単には明かさないだろう。なにしろ建国の理念と国是に背く行為だ。民の理解を得るのは容易ではない。だからといって、証拠がないという理由でいつまでも叔父の策謀に手をこまねいているわけにはいかない。

これ以上、玉座が空のままの不安定な国内情勢を抑えるのは困難だというのが、執政院の見解であり、早く王位が定まって欲しいという民の総意の表れだ。アルシェラタンの民にしてみれば、前王の嫡男ではあるが母親の身分が低く、何やら悪い噂が多い世継ぎの王子《クラウス》と、高貴な血筋を継承していて人気のある前王弟の息子《イエリオ》の、どちらが王位に就くかも問題だが、それよりも自分たちの暮らしが早く良くなって欲しいというのが切実な願いだからだ。

「お疲れではありませんか、クラウス様。眉間に皺《しわ》が寄っていますわよ」

執政の間を出て、現在の王宮内で最も安全だと思われる前王の私室に向かう途中。クラウスの左腕に自分の右腕を絡ませたハダルが、艶やかな金の巻毛を揺らしながら手を翳《かざ》す。クラウスはその手のひらを咄嗟《とっさ》に避《よ》けかけ、すぐに緊張を解いて彼女が眉間に触れるに任せた。

花の香りをまとった指先がそっと眉間を撫《な》でてゆく。その触れ合いに癒しを感じる一方で、何かが足りないという気持ちが消えない。大切なものを忘れているような、無くしてしまったような喪失感に苛《さいな》まれている自分に気づいて苦笑が漏れる。

「どうしましたの？」

ハダルが不思議そうに首を傾げる。それに「なんでもない」と答えて、クラウスは彼女の腰に手を添え、生前の父が遺してくれた安全な私室に入った。ハダルはその隣にある王妃の間へ。十数人の近衛たちの半数は部屋の外で護衛を続け、残りの半数は前室で待機している。

物々しい護衛や暗殺に対する警戒は、クラウスが正式に即位して王になったことを国中に知らしめれば多少は和らぐだろうか。それとも激しくなるだろうか。すべては叔父とその息子を王位に推してきた一派の出方次第。そして彼らの勢力を、クラウスたちが包囲して殲滅《せんめつ》できるか否かにかかっている。

とにもかくにも城内の反対勢力が一掃され、治安が確保されるまでは気が抜けない。とてもではないが、気安くルルを連れて来ることなどできない。ルルには政争が落ちつくまでパッカス邸にいてもらうのが一番だ。ルルの安全のために。そしてクラウスの安心のためにも。

「念願が叶《かな》ったわりには浮かない顔をしてますね」

アルベルト・パッカスと同等、もしくはそれ以上に信を置いている側近のイアル・シャルキンが、三年の別離を感じさせない気安さで声をかけてくる。イアルは、クラウスが十年前から命の恩人の〝聖なる癒しの民〟を探していたことを知っている数少ない人間のひとりだ。

「そんなことはない」

着替えを手伝ってもらいながら一応は反論したものの、イアルの指摘にクラウスは目を細めた。何かから目を逸らすように。

ハダルは約束の指環を持っていた。ただ、十年前に交わした約束は覚えていなかった。事故で、七歳以前の記憶は失ってしまったからだ。それを疑う理由はない。記憶を失っていても、彼女はあの指環だけは大切に持ち続けてくれていた。それが何よりの証だ。

それなのになぜ――。

「その表情は、何か憂いがある証拠ですね」

主《あるじ》の心の機微を読むことも側近の仕事のひとつである、イアルの指摘にクラウスは無言で手を振って詮索を追い払った。

「憂いなら山ほどあるさ。まずは城内を大勢の護衛なしで歩きまわれるようにしたい」

そうすればルルを城に住まわせ、自分の身近に置くこともできる。

「左様でございますな」

――ルル…。

その名を心の中で呼び、姿を思い浮かべるだけで、真冬の陽だまりを見つけたような気持ちになる。ハダルに対するものとは別種の愛《いと》しさは、仲違いにも似たあの口論――というよりクラウスの一方的な宣言とルルの無言の抗議――のあとも少しも変わらない。むしろ、あの子の思慕を無碍《むげ》に扱ったことに対する後ろめたさと心苦しさばかりが増している。

ただ、ハダルの耳目がある場所でそうした気持ちを伝えることはできない。ハダルが嫉妬するからだ。ハダルはたぶん、クラウスがルルを一時とはいえ『伴侶にしてもいい』と思ったことを女性特有の勘で察したのかもしれない。だからルルに嫉妬して遠ざけようと必死だ。それも明日、婚姻の儀と床入りを済ませてしまえば落ちつくだろう。

「御仕度中ではありますが、取り急ぎお耳に入れておきたいことがいくつかございます」

イアルの言葉にクラウスは物思いから現実に引き戻された。

広げられた新品の下着に腕を通しながらクラウスはうなずき、次々と差し出される衣装と一緒に、知っておくべき情報を貪欲に吸収していった。

◇　約束の指環

夕刻から翌朝にかけて執り行われた戴冠の儀に、ルルはなんとか臨席することができた。

クラウスが最も信を置いている側近のひとりだというアルベルト・パッカスが、一緒に連れて行ってくれたのだ。

「クラウス様からお連れになるよう言い付かっているのですよ。『俺の晴れ姿だから、見ておいてくれ』と仰《おつしや》って」

パッカスはそう言って、正装させたルルを王城と、そこに隣接している聖導院大本堂に同伴してくれた。しかもパッカスの隣で最前列という見晴らしの良い特等席までもらった。

儀式の合間に交わされる会話から、クラウスが先王の嫡男だったと知ってルルは驚いた。以前本人から、先王もその息子も評判が悪かったと聞いていたからだ。クラウスが王族だとしたら、人気があるという先王弟の息子のほうだと思っていたから、とても意外に感じた。

——クラウスが評判悪かったなんて信じられない。

でも、そういえば、まわりでひそひそ話している人たちの何割かは、クラウスに対して何か含むところがあるような物言いをしている。決して大きな声ではないけれど。

ルルはドキドキしながら、粗相をしてクラウスに恥をかかせてはいけないと身を硬くした。

やがて、少し離れた場所から視線を感じてそちらに目をやると、同じく最前列に座っていたハダルだった。他の誰よりも祭壇に近い貴賓席から、ルルをじっと見たあと、興味を無くしたように視線を前に戻す。

なんとなく不穏な空気を感じたものの、それが何を意味するのか答えが出る前に、儀式の開始を告げる合図が鳴り響いた。

シンと静まり返った聖堂の奥から、飾りも腰帯もない粗衣で裸足のクラウスが現れ、厳かな足取りで人々の間に作られた道を歩んで祭壇にたどりつく。クラウスの髪は可能なかぎり整えられ、左顔面は本物と見紛う仮面で覆われていた。眼窩《がんか》の部分には義眼も嵌《は》められ、近くで見ても仮面だとわからない出来だ。

クラウスが祭壇の前でひざまずくと、待ち受けていた高位の聖導士が天鵞絨《ビロード》張りの台に載せられた王冠を持ち上げてクラウスの頭上にしずしずと載せる。

クラウスが顔を上げ、立ち上がると同時に、聖堂いっぱいに歓声が上がった。もちろんルルも、少しだけ複雑な気持ちで、言祝《ことほ》ぎの声なき声を上げた。

高い天井に反響して怒濤《どとう》のように押し寄せる歓声を浴びながら、クラウスの肩に豪奢な毛皮の外套《マント》がかけられ、金の飾り帯が巻かれ、右手に宝剣、左手に金張の書物が持たされる。王冠

と宝剣には鳥羽が象《かたど》られ、金張の書物にも翼の意匠が施されている。

それから、ルルには聞こえなかったけれど、クラウスは高位聖導士に向かって何か唱えた。あとでパッカスに訊ねると、神に向けた宣誓だという。

最後にクラウスは、聖堂にひしめく群臣に向き直り、朗々と響く声で高らかに宣《のたま》った。

「我、クラウス・ファルドはアルシェラタン王国第三十三代国王として戴冠したことを、ここに宣言する」


戴冠の儀が終わると城で祝宴が開かれて、ルルも末席に招待されたものの、クラウスに近づく機会は一度も訪れなかった。

クラウスのまわりにはきらびやかに着飾った貴人がひしめき、入れ替わり立ち替わり多くの人が挨拶に訪れて、食事どころか息つく間もないほどだ。見かねたパッカスが客を押し返して並ばせ、他の側近たちが順番に取り次ぐようにして、ようやく豪勢な料理に手をつける余裕ができる。そうしている間にも、新王に祝いを述べ、それをきっかけに誼《よしみ》を通じたい者たちが後を断たず寄ってくる。

ルルも食事を後まわしにして列に並んでみたけれど、気がつくと横入りされ、押し退《の》けられ、後ろに追いやられて、なかなか前に進まない。話すことはおろか近づくことすらできないルルとは対象的に、ハダルは最初から最後までずっとクラウスの隣にいた。そのことに疑問を抱いたり、不満を洩《も》らす者は誰もいない。皆、ハダルが十日後にはクラウスの妻になる女性だと知っているのだ。

クラウスの隣で清楚《せいそ》な笑みを浮かべ、もの慣れない所作すらも、瑞々《みずみず》しい初々しさとして周囲に受け容れられているハダルを羨ましく思いながら、なんとかクラウスの顔が見える距離まで近づいたところで、食事を終えた王とその婚約者は退席となった。

側近に囲まれて退場するクラウスの視線を捕らえようと、ルルは一生懸命手を振ってみたけれど、同じように注目を集めようとした人々に埋没して、気づいてもらえなかった。

新王《クラウス》がいなくなると、残された——順番がまわってこなくて言葉を交わすことができなかった——人々から失望と不満の声が上がる。それを鎮めるように、側近のひとりが手を挙げて人々を制した。

「謁見希望者は侍従に申し伝えるように。陛下のお時間が空き次第、こちらから日時をお教えする。新王陛下は臣下の皆様と誠実に向き合いたいと仰せになられている。即位式の際に行われる正式の謁見まで待てないという希望者にも、誠意をもってお時間を割いてくださる」

側近がそう告げると、人々は不満を口にしつつも侍従に己の氏名を告げ、謁見の日取りを予約しはじめた。

ルルもその列に並び直そうとしたけれど、途中であきらめて離れた。

クラウスは『あとで会おう』と言ってくれた。だから、絶対あとで会ってくれる。

それがいつになるかは、わからないけれど。

城での祝宴のあと、ルルはひとりで——といってもパッカスがつけてくれた護衛に護《まも》られて——パッカス邸に戻った。そしてそれから毎日、日に一回は『クラウスからの呼び出しはないか』『こっそり会いに来てくれていないか』フォニカに確認しては、申し訳なさそうな表情を浮かべさせてしまった。

ようやくクラウスに会えたのは、即位の式典前日。昼過ぎに城から使いが来て、「陛下のお召しでございます」と厳かに告げた。

ルルは使者に案内されていそいそと城に上がった。衛士に護られた扉をくぐり抜け、目つきの鋭い兵士が闊歩《かっぽ》する廊下を進み、屈強な近衛が両脇に立って周囲を睥睨《へいげい》している重厚な扉の前にたどりつく。その頃には、自分とクラウスの間に生まれた隔たりは、旅の終わり頃の比ではないことを嫌というほど思い知ることになった。現に自分が会いたいと思っても、クラウスのお召しがなければ近づくことすらできないのだ。

その事実を苦く飲み下しながら、ルルは胸を張って扉の前に立った。

近衛が開けてくれた扉の隙間から、先に使者だけが入室して、ルルはその場に残された。すぐに戻って来た使者に手招きされて、ルルも部屋に入る。

従者が控えている前室を抜けて、広く豪奢な室内に足を踏み入れると、美しい庭園に面した窓際に立ち、隣に並んだ年嵩《としかさ》の男と何か話をしていたクラウスが、顔を上げて笑みを浮かべた。

「ルル！」

クラウスは手に持っていた大量の書類を隣の男に押しつけると、空になった両腕を広げてルルに歩み寄ってきた。左顔面は軽く前髪で隠されているだけで、戴冠の儀のときのような仮面はつけていない。そしてその笑顔と親しげな仕草は、旅の間に見せてくれたものと少しも変わっていない。

それが嬉しくて、ほっとして、ルルも小走りに駆け寄って大きく広げられた胸に飛び込んだ。

――クラウス…！　会いたかった！

「ルル。元気だったか？」

――うん！

「なかなか会う時間がとれなくてすまなかった。だけど、約束は守っただろ？」

――うん。

背中にまわされた手の大きさと温かさ、そして抱きしめてくれる力に涙が出そうになる。

ルルは顔を上げ、クラウスの顔をしみじみと見上げた。

「パッカスから毎日おまえの様子は聞いていた。文字の学習をはじめたそうだな。難しいとは思うが、一年くらいみっちり学べば簡単な会話くらいはできるようになる」

がんばれと言われて『うん』とうなずきながら、ルルは両手を伸ばしてクラウスの頬に触れた。さらに右手を上げて、髪に隠れた傷痕に触れる。

——傷痕が、小さくなってる…。

「ああ、これか？　ハダルが——」

クラウスは言いかけて口を閉じ、思い直したように再び開いた。

「ハダルの力だ。俺は彼女の〝運命の片翼〟なのだそうだ。〝運命の片翼〟というのは〝聖なる癒しの民〟と特別な絆で結ばれた相手のことで、他の者とは比べものにならないほど強い力で癒すことができるそうだ」

誇らしげに教えられて、ルルは引き攣《つ》りかけた頬を手のひらで隠し、それはハダルの力ではなく僕の力だと訴えかけて、止《や》めた。自分でも、それが本当に自分の力なのかもう自信がない。

もしかしたら、ハダルも本当にクラウスの〝運命の片翼〟なのかもしれない。ルルが長老に教わった伝承では、〝運命の片翼〟はひとりに対してひとりだけ。一対一の関係だと教えられたけれど、それが間違いだった可能性もある。

現にハダルはクラウスに会って元気を取り戻し、クラウスの傷痕は、ルルだけが側にいたときより遥《はる》かに早く癒されつつある。

ルルはもう一度、薄れつつあるクラウスの傷痕に触れ、爪先立って唇接《くちづ》けしようとした。

故意か偶然か。その動きを避けるように、クラウスは屈めていた腰を伸ばして顔を上げ、夕暮れが迫りつつある窓の外に視線を向けて朗らかに告げた。

「今夜は一緒に夕食を摂ろうと思っておまえを呼んだ。即位式のあとはまたしばらく忙しくなる。会う時間がなかなか取れないと思うから」

言いながら、ルルの背に手を添えて窓辺に導き、音もなく近づいた従者がなめらかな動きで開けてくれた玻璃《はり》の扉から、庭園に面した露台に出る。

艶やかで透明感のある乳白色の石でできた露台に、薄紅色の大きな丸卓と、同じ色の椅子が二脚置かれている。丸卓の上には金糸で刺繍《ししゅう》がほどこされた布が掛けられ、繊細な模様が描かれた燭台《しょくだい》に灯が揺れている。椅子には温かそうな毛製鞍嚢《クッション》が置いてあり、周囲には寒くなった時用の火鉢も用意されていた。

――ここで夕食を？

仰ぎ見たルルの表情から、質問の内容を察したらしい。クラウスは「そうだ」とうなずいて手を軽く挙げた。それを合図に、露台の階段下から次々と皿や杯《カップ》、料理が盛られた器を手にした給仕たちが現れて、丸卓の上に配膳してゆく。

仔牛肉の葡萄酒《ワイン》煮込み。竜髭菜《アスパラガス》の乳脂《クリーム》煮。甘瓜の燻製《くんせい》肉巻き。薄く切って軽く焙《あぶ》った麵麭《パン》。蜜で和えた生乳酪《チーズ》。瑞々しい野苺《のいちご》や杏《あんず》や林檎《りんご》。どれもルルが好きなものばかりだ。

ほんの少し前、クラウスに唇接けを拒まれた痛手で食欲など湧かないと思ったけれど、心より身体は正直だった。

ぐぅうと大きく鳴った腹の虫にクラウスが笑い声を上げたので、ルルも嬉しくなって笑ってしまった。

そうして、ふたりで和やかな食卓の席について食前酒が注がれた酒杯を手にしたとき、

「ルル、俺が贈った指環はどうした？」

なぜか不審と不安が入り交じった声で問われて、ルルはシャンと背筋を伸ばした。それから急いで首に下げた小袋を引っ張り出し『壊れてしまったんだ』と説明しようとした。ずっと報せたかったんだ。会えない間に起きた出来事をたくさん伝えたくて、ルルが身を乗り出した瞬間、部屋の中から滑るような動きで近づいてきた侍従のひとりが、クラウスに何か耳打ちする。

ほんの少し眉をひそめたクラウスの唇から「ハダルが？」という言葉が出た瞬間、ルルはびくりと震えてしまった。手にした酒杯の中で、淡い色の葡萄酒が小波《さざなみ》立つ。

「今日の夕餐《ゆうさん》は、ルルとふたりで摂ると伝えたはずだが」

「はい。ですが、午睡で怖い夢をご覧になったとかで、どうしても陛下にお会いしたいと仰って——」

クラウスは溜息《ためいき》をひとつ吐《つ》き、それから侍従に「席をもうひとつ増やせるか？」と訊ねた。侍従が「早急にご用意いたします」と告げて手を挙げると、それを合図に給仕たちが次々に現れて、もうひとり分の食器と料理が現れ、丸卓の前に椅子が置かれる。

準備が調ったのに合わせて、ハダルが現れた。クラウスが立ち上がってハダルを出迎える。親密な抱擁と、頬に軽い唇接けを受け、唇接けを返す。

——…僕の唇接けは、避けたくせに…。

みっともないとわかっていても、みじめな不満がこみ上げてくる。ルルはそんな気持ちをぐっとにぎりしめた拳で押し隠した。

「まあ、ルル！　陛下を独り占めにしようなんて、なんて贅沢《ぜいたく》な企《たくら》みなの！　戴冠式からこちら、陛下はとてもお忙しくて、わたくしだってふたりきりで食事なんてしたことはないのに！」

ハダルはどこか芝居じみた大袈裟《おおげさ》な仕草で言い立てながら食卓《テーブル》に近づくと、優雅な動きでルルの向かい側に腰を下ろし、料理の匂いをかいで満足そうな笑みを浮かべた。

「美味《おい》しそうね。さっそくいただきましょう」

そう言って酒杯を取り上げ、給仕が食前酒を注いでくれるのを待つ。わずか十日あまりで、ハダルはすっかり王妃としての態度を身につけつつある。婚姻の儀は明日だが、彼女にはあまり関係ないらしい。

その手。酒杯を持った左手の指に嵌まっている指環に気づいて、ルルは動きを止めた。呼吸も止めて、食い入るように凝視してから立ち上がり、ゆっくり自分の左手の薬指を指さして、ハダルに問うた。

『その指環は？』

身振りで意味が通じたらしい。ハダルはわずかに瞳を揺らし、それを隠すようにまぶたを伏せて指環に触れた。

「この指環がどうしたの？　これはクラウス様にいただいたものよ。わたくしが子どもの頃に」

――嘘だ……！

人がこんなにも悪びれなく、堂々と嘘をつくことに心底驚き、同時に強い怒りが湧きあがる。

ルルは無言で丸卓越しに、草むらから跳びかかる蛇よりも素早く腕を伸ばし、有無を言わせぬ強さでハダルの左手をつかんだ。

「きゃあッ！」

ハダルが悲鳴を上げて、酒杯と料理が盛られた皿が露台の床に落ちる。陶器の割れる音に、再び叫んだハダルの声が重なる。

「何するの⁉」

力任せに振り払おうとするハダルを無視して、ルルは両手で女の手首をつかみ、薬指に嵌まっている指環を引き抜こうとした。そうしながら、指環をじっと観察する。

――よく似た別物じゃない。

これは、僕の指環だ。僕が、十年前にクラウスにもらった！

深い金色の環《リング》の形はそれほど特徴がない。けれどそこに嵌め込まれた宝石《いし》の色は、見間違いようがない。青と緑と銀色が混じり合った、内側から光を放つような不思議な色合いはクラウスの瞳の色と同じ。違うのは、そこに金粉のような、微細に砕けた虹のような、美しい光の粒が散っていることだ。きらきらと、見る角度で色を変える万華鏡のような色。

――僕のだ。僕の指環だ…！

よく見れば環《リング》についていた微細な傷は消えている。たぶんハダルの指に合わせて環《リング》の大きさを変えたときに直したのだろう。けれど宝石《いし》の留め具に刻まれた小さな凹《へこ》みは元のままだ。

『返せ！　これは僕のだ！　どうしてハダルが持ってるんだ！』

ルルは音のない声で叫びながら、痛がって悲鳴を上げるハダルの指から指環を抜こうとした。けれど、最初の関節を通り抜ける前に、岩を砕くような強い力で止められてしまった。

「ルル、止めるんだ」

クラウスの静かな声とともに、万力のような力でハダルの指から手を外され、引き離された。ハダルは侍従たちに囲まれて、素早く露台の隅に避難してしまう。

まだ指環を取り戻していないのに。

「どういうことだ、これは」

――だって、クラウス…！

ルルが懸命に事情を説明しようと叫んでも、声は出ない。両手をつかみ上げられたまま、ハクハクと唇を開け閉めする音だけが無情に響く。

「――まともな指環がそんなに欲しかったのか？」

落胆と呆れが混じった声でそう言われて、ルルは動きを止めた。一緒に心臓が止まったような気がする。

——違う。欲しいんじゃない。あの指環を取り戻したいだけだ。

そう伝えたいのに伝えられないもどかしさに唇を噛みしめたルルの態度が、クラウスの目には強情と映ったのか。

ルルが拘束から逃れようと身をよじると、クラウスはルルの両手首をにぎりしめた腕に力を込めて、期待外れの紛《まが》い物をつかまされた商人のように、残念そうな溜息をこぼした。

「俺の手作りの指環では満足できなかったのか…。どうして他人《ひと》のものを欲しがるんだ。しかも無理やり奪い取ろうとするなんて。おまえらしくない。おまえはそういうことをする人間じゃないだろう？」

ルルはふるふるっと首を横に振った。クラウスに強くにぎられた手首が痛いのか、胸が痛むのかわからなくなる。

今度はクラウスが、理解し合えないもどかしさに眉根を寄せる番だ。

「正直、俺はおまえが何を欲しがっているのかわからない。何を言いたいのかも。わかるような気がしたこともあったが、思い違いだったようだ」

「…——っ」

クラウスの視線がルルから離れて遠くを見つめる。見捨てられる予感に貫かれて、ルルはぎゆっと歯を食いしばったけれど、こらえきれずに涙がこぼれた。

「泣くな」

――泣いてない。

「おまえに泣かれると、どうしていいかわからなくなる」

――泣いてない！

ずずずと鼻をすすり上げながら俯いて首を横に振ると、溜息を吐かれた。

「ルル。ちゃんと俺の顔を見て、どうして彼女の指環を盗《と》ろうとしたのか説明してくれ」

クラウスはそう言って、ルルを繋ぎ止めていた手からゆっくり力を抜いた。

強くにぎられていた手首が赤くなっている。ルルは鬱血したその赤色と、それでも話し合おう、わかり合おうとしてくれる男の顔を見比べて唇を開き、震える手で手話の形を作ろうとした。そのとき。

「ハダル様…！」

「陛下！　ハダル様が…ッ」

露台の隅に避難していたハダルが体調を崩して倒れたらしい。周囲を護っていた侍従たちが、あわててクラウスを呼び寄せる。

クラウスは明日には妻になる女性の元にすぐさま駆け寄ろうとして、ほんの一瞬ルルを見た。

「話はあとで聞く」

実際には手話と、いつまで経《た》っても上達しない絵と、まだほとんど正確に書くことができない文字を使った筆談で。

あとでとは言ったけれど、何時《いつ》とは約束しなかった。クラウスはハダルの元に駆け寄って、苦しげにうめいている彼女を抱き上げ、おろおろとまわりを取り囲んでいる侍従たちに何か命じながら、足早に屋内に去ってしまった。そしてそれきり戻ってこなかった。

クラウスがルルの話をきちんと聞いてくれたのは、その日からずいぶん時が過ぎてからだった。けれど未来を見通す力のないルルは、そのまま馬鹿正直にクラウスを待ち続けた。

陽が落ちて、夜になって、夜中になって、

「陛下はご寝所に下がられました。これ以上お待ちになられても、ルル様に会うお時間はお取りにならないと思われます」

国王付きの侍従にやんわり「帰れ」と言われても、朝になるまで待ち続けた。

そうしてクラウスが、国王として戴冠したことを広く国民に知らしめる即位の式典に臨み、国土に安寧と幸福をもたらす〝聖なる癒しの民〟ハダルを妻として娶《めと》る婚姻の儀を同時に華々しく執り行うのを、一睡もしてないぼんやりした頭と心で、遠くから傍観することしかできなかった。

◇

罠《わな》

『王妃ハダル様ご懐妊』の報にルルが接したのは、クラウスの即位式――すなわちハダルとの婚姻の儀――から二月ほどしか経っていない秋の終わりのことだった。

王《クラウス》と王妃《ハダル》の仲睦《なかむつ》まじい様子は折に触れ巷《ちまた》に流れていたが、婚姻と新床入り儀を終えてから雷光石火《らいこう》の素早い展開に、民の多くは国が繁栄する前兆だと喜んだ。

『懐、妊…？　赤ちゃんができたの？』

ルルが腹に手を当て、反対の手で子どもを示す形を作ってみせると、フォニカがうなずいた。

「そうです。昨日、陛下から派遣された御殿医が王妃様のご様子を確認されて、正式に発表したそうです」

――そう、なんだ…。

結婚したら子どもができる。結婚しなくても、することをすれば子どもはできる。そのことを、ルルは野の獣が自然の摂理に従って行う営みと、三年近くに及んだ放浪の中で垣間《かいま》見た、人々の営みから学んだ。

子どもができたということは、クラウスとハダルがそういうことをしたということだ。

「……――」

ルルは鳩尾《みぞおち》の深い場所に生まれた重苦しい痛みと、心臓を抉《えぐ》り出されて直接火で焙られたような不快感を顔に出さないよう、フォニカからは見えない場所で拳をにぎりしめて堪えた。

「さっそく城内で安産を祈禱《きとう》する催しがいろいろ行われるようです。お芝居とか、演奏会とか。王妃様は大事をとってあまり顔は出されないかもしれませんが、陛下は臨席するはず。ルル様もきっとご招待されますよ」

久しぶりにお会いできる絶好の機会ですねと、悪気のない純然たる善意で言われてルルは返答に困った。

即位の式典前日、ハダルの指環を取り戻そうとして咎《とが》められたあの日から、クラウスは一度もルルに会ってくれない。ルルのほうからパッカスを通して何度か会いたいと伝えたけれど、返事はいつも「今は忙しい。そのうち」という意味合いを、持ってまわった遠まわしな言い方で表現したものだった。

何度かそんなことがあってから、ルルは自分とクラウスの関係が変わってしまったことを認めるしかなくなった。自分が、クラウスに疎《うと》んじられてしまったことを。

今ではもう、ふたりきりで旅したあの日々のほうこそ夢だったのではないかと思う。

二度とあの日々のような関係には戻れないのではないか、とも思う。誤解を解こうにもクラウスは会ってくれない。会ってもハダルがきっと邪魔する。

クラウスの隣で食事をして、夜は一緒に眠る。疲れたら肩に寄り添い、同じものを見て笑う。

そして癒し、癒される。

そんな関係にはもう戻れない。

ルルが以前クラウスにもらっていたものは、すべてハダルのものになってしまった。

そして僕がもらった手作りの指環は、バラバラに壊れてしまった。

「……ッ」

突然胸で弾けた痛みと悲しみ、そして行き場のない怒りを、強く目を閉じて歯を食いしばることで抑え込む。

「ルル様。そろそろ先生がおいでになる時間です。今日も朝食はいらないんですか?」

ルルはフォニカにうなずいて、私室として与えられている部屋を出た。向かう先は邸宅の主パッカスの書斎だ。ルルはこの二月《ふたつき》、パッカスが雇ってくれた教師に文字の読み書きと歴史を教わっている。以前クラウスが言っていたように、この国《アルシエラタン》では文字を使える者が少ない。貴族と一部の富者だけだ。その意味で言えば、ルルは貴族の子弟扱いになる。

しかし、ルルはパッカスの好意に甘えきりになるのではなく、この国で——クラウスの側で——生きていく方法を模索している。万が一、身ひとつで放り出されても生きていけるように。

午前はパッカスが雇ってくれた教師に文字と歴史を習い、午後はパッカス邸の使用人と一緒に仕事をしている。水くみ、薪《まき》割り、掃除に洗濯、荷運び。細々とした雑用から力仕事まで、知らないことは教えてもらって、頼まれればなんでも引き受けた。

パッカスは国王《クラウス》が信頼する側近だ。クラウスの不興を買って遠ざけられているルルに、いつまで好意を示してくれるかわからない。

『王が望まないから、もうおまえを養ってはやれない。出て行ってくれ』

そんなふうに言われて、いつ邸宅から追い出されないとも限らないのだ。以前のルルなら、そんな疑いは毛一筋ほども持たなかっただろう。けれどあの指環事件のあと、クラウスはルルを遠ざけて、一度も会おうとしてくれない。その事実が津々と、ルルに危機感を抱かせるのだ。

——パッカス邸から出て行けって言われても、クラウスの側で…王城の近くで暮らしていけるようにしなくちゃ。

だって、僕はクラウスの側にいたい。

それは好きだからとか、会って話がしたいからとか、そういう綺麗《きれい》ごとだけではなく、ルルにとって死活問題だからだ。

——クラウスにとっては違ったのかもしれないけど、僕にとってはクラウスだけが〝運命の片翼〟だ。それは間違いないんだから。

クラウスの運命の人はハダルだった。

その事実にいつも打ちのめされるけど、泣いてばかりはいられない。泣いたって現実は変わらないし、クラウスから遠く引き離されたら、僕は生きていけないんだし。だから…。

ハダルさえいれば僕なんていてもいなくても同じかもしれないけど。でも、僕が近くにいることで、クラウスに少しでも癒しの力が届くなら。疲れが取れて不調も減って、怪我《けが》をしても病気になっても、早く治ってくれるなら、それでいい。

僕が護樹から離れても生きていられるのは、クラウスがいてくれるから。だから、せめてもの恩返しに、僕の力で彼を癒したい。

たとえ、気づいてもらえなくても…――。

ルルはそう自分に言い聞かせ、これまでの日々をなんとかやり過ごしてきた。それでも夜になると寄る辺《べ》のない寂しさに襲われる。

――クラウスはハダルのものになっちゃったけど、せめてあの指環は取り戻したい。だってあれは本当に僕のものなんだ。遠い昔、森で出会ったあの少年《クラウス》が、僕にくれた…。

日に日に失ってしまったもの、不当に奪われたものを取り戻したい気持ちが降り積もる。

もう二度と、絶対に自分のものにはならないクラウスのことはあきらめて。

あきらめる以外に、心が壊れずに済む方法がない。だからあきらめる。

でも、指環だけは取り戻したい。

簡単に壊れたりしないあの指環だけでも、せめて取り戻すことができたら、クラウスに疎まれて遠ざけられても、生きていける気がする。あの指環さえあれば…――。

ルルはその思いを糧に、パッカス邸で文字や歴史を学び、雑用をしながら、王城に忍び込む機会を窺った。パッカスはクラウスが最も信頼する側近のひとりなので、その使用人もそれなりに信用がある。王城の警備兵と顔見知りもいる。そういう使用人の荷物持ちとしてルルが王城の敷地内に入り込めたのは、ハダルの懐妊が知らされた日から一月後。冬のはじめのことだった。

その日は朝から曇り空で、今にも雪が降り出しそうな天気だった。城内は昼間なのに薄暗く、廊下は寒い。そのせいかあまり人が見当たらない。

ルルはわざと物珍しそうにあたりをきょろきょろと見まわし、そのせいで連れの使用人とはぐれたふりをして城内深くにまぎれ込んだ。そのまま戴冠の儀と即位の式典前日に訪れたときの記憶を頼りに、クラウスの部屋を探す。王妃《ハダル》の部屋は王《クラウス》の部屋の隣にあると聞いたことがあったからだ。

柱や巨大な花瓶、彫像の陰に隠れながら廊下を進み、最初の角を曲がったところで警備の兵に呼び止められた。あわてて逃げようとしたけれど、前から後ろから警備兵が現れて、あっという間に追いつめられる。

「何者だ」と誰何《すいか》され、「どこの者だ」「なんの用だ」「許可は得ているのか」「なぜ黙っている」と怖い顔で矢継ぎ早に詰問されて血の気が引く。たとえ声が出たとしても、答えることはできなかっただろう。ルルは震える手で、見つかったときに見せようと用意していたパッカス邸使用人の証印を出そうとして、止めた。迷惑がかかると気づいたからだ。

「詮議処へ連れて行け。身体と所持品を検《あらた》めて、目的を吐かせろ。抗《あらが》うようなら痛めつけてもいい」

警備兵長らしき男の言葉に、自分の詰めの甘さや、思いつめた果てに取った行動が及ぼす影響に、今さらながら気づいて怖くなった。ずっと親切にしてくれていたパッカスやフォニカにまで、累が及んだらどうしよう。

ルルが絶望に目を閉じたとき、廊下の角から現れた女性が華やかな声を上げた。

「まあ、なんの騒ぎ？」

「！　これは、王妃様」

声の主に気づいた警備兵たちの半分がふり向いて、王妃に向かって敬礼する。残りの半分はルルが逃走したり暴れないよう警戒して、押さえている。

ハダルは怖がる様子もなく、侍女を引き連れて悠然と近づいてきた。そして筋骨隆々とした警備兵たちに囲まれたルルを見つけて、かすかな笑みを浮かべると、

「その者の身分ならわたくしが保証します。放してさしあげて」

高らかにそう告げると、速やかに解放されたルルをなぜか散歩に誘った。ルルは警戒しつつも彼女のあとについていくしかなかった。

「あなたのことはずっと気になっていたの」

王城の裏側に広がる、広大な練兵場を見渡せる中二階の張り出し窓の前でハダルは立ち止まり、曇天の窓辺に背を預けて、思わせぶりな目でルルを見た。

窓の向こうでは、騎士たちが地上や馬上で剣や槍《やり》をふるって鍛錬している。緋色《ひいろ》の近衛服をまとった騎士たちの中に、ひとりだけ青い服を着た男がいる。その男はひときわ鮮やかな動きで剣を振り、身体の一部のように馬を操って次々と騎士たちを倒している。

クラウスだ。

ハダルの肩ごしにクラウスを見つけたルルは、自制する間もなく高鳴った胸を押さえて身を乗り出した。ルルの視線の行方に気づいたハダルもうしろを向き、夫《クラウス》の見事な動きに見入る。

無防備に、指環の嵌まった左手をルルの前にさらしたまま。

それが罠だと気づける用心深さがあったら、そのあとの悲劇は起きなかった。けれどルルはまだ子どもを脱したばかりの歳で、人の悪意や謀《はかりごと》に疎かった。だからハダルが何を思ってそんなことをしたのかわからないまま、手を伸ばし、無抵抗な指から指環を引き抜こうとした。

その動きを予期していたように、ハダルは手を上げて、まるで見せびらかすように自ら指環を引き抜いてみせた。

「――この指環がそんなに欲しい？　だったら奪ってみなさいよ」

そう言うと、ひらりと身をひるがえして駆け出す。あと少しで指環を取り戻すことができそうだったルルは、鼠《ねずみ》を前にした猫のように、深く考えることなく挑発に乗ってしまった。指環をこれ見よがしに見せながら逃げるハダルを追いかけて、使用人が使うような細い廊下を走り抜け、鍵のかかっていない扉を開けて外へと通じる階段を駆け下りる。

「負け犬のくせにクラウス様に色目を使って、浅ましい！　男のあなたがどんなにがんばったってあの方の妻にはなれないし、子も産めないのよ！」

なぜ突然そんなことを言われなければいけないのか。訳がわからないまま、ルルは指環を取り戻したい一心でハダルを追いかけた。

練兵場で鍛錬していた騎士たちの何人かが、外階段から下りてくるふたりの姿に気づいて動きを止め、何事かと注目する。

地上まであと十段というところで、ハダルが突然悲鳴を上げた。

「きゃあ！」

あっと思う間もなく階段を踏み外したハダルの身体が傾いて、宙に放り出される。ルルは咄嗟に手を伸ばして、ハダルの身体を引き留めようとした。何かを考える暇などない。ただ、目の前で階段から落ちようとする人がいた。だから助けようとした。

けれど間に合わなかった。いや、間に合ったはずなのに、触れた指先はハダルに振り払われた。そしてつかみかけた指の代わりに、放り出された指環がルルに向かって飛んでくる。それをとっさに受けとめてにぎりしめ、反射的に左手で手すりにしがみついたルルの目の前で、ハダルの身体は階段を転げ落ち、地上に叩きつけられた。

「ハダル…ッ！」

「王妃様！」

「ハダル様！」

次々と駆け寄ってくる声と足音を聞きながら、ルルは誰よりも先にハダルの側に跪《ひざまず》き、ぐったりした身体に触れた。

――ハダル！　ハダル！　どうして…!?

なぜこんな無茶をしたのか、訳がわからないまま必死に癒しの力を使う。折れた骨をつないで、崩れた肉を繋ぎ止める。流れる血を止め、流れそうな小さな命を押し留める。

大丈夫。間に合う。死なないし、流れない。

ルルは自分の命を削る勢いで、ハダルに癒しの力を注ぎ込んだ。

「侍医を呼べ！　担架を…！」

「無闇に動かすな、腹に子がいるのだぞ！」

「退《ど》け！　ルル」

いくつもの叫び声の奥から、怒気を孕《はら》んだ氷のように冷たいクラウスの声が飛んできて、同時に肩をぐいと押し退けられる。ルルは横に吹き飛んで地面に叩きつけられた。けれどすぐさ

ま身を起こし、這《は》うようにハダルの側に戻って癒しの力を使い続けた。

「何をするつもりだ！　退け！　俺の子を殺すつもりか‼」

再び怒声が響いて、視界が激しくぶれた。その拍子に手からこぼれた指環を、誰かが拾い上げるのが見える。

「……この指環欲しさに、ハダルを突き飛ばしたのか？　階段から。身重の俺の妻を」

歪む視界の向こうで、軽蔑しきった表情のクラウスが右に左に揺れている。どうしてだろうと思った瞬間、再び激しい衝撃とともに、視界が大きくぶれた。

クラウスに殴られ、力任せに突き飛ばされたのだと気づいたのは、担架に乗せられたハダルが王に付き添われて運ばれたあとだった。短い間だが、気を失っていたらしい。

「ルル殿。あなたを捕縛する」

痛みにうめきながら、ぼんやりと身を起こしたルルの腕を、見知らぬ厳《いか》つい男がつかんで縄をかけた。

「罪状は、王妃及び王の子を殺害しようとした罪だ」


罪人として捕らわれたルルは、着ていた衣服を含めた持ち物をすべて没収され、代わりに与えられた囚人服を身に着ける暇もなく城の地下牢に放り込まれ、丸三日放置された。四日目の朝、水のように薄い粥《かゆ》と黴《かび》臭い湿った麺麭《パン》だけの食事を与えられたあと、それまでの三日間とは明らかに違う物音がして、牢の扉が開けられた。

「出ろ！」

険しい声で命じられてルルは震えた。この三日間『ここから出るときは処刑されるときだ』『王族に手をかけたら、軽くて断首刑。重ければ焚刑《ふんけい》だな』『その前に取り調べで拷問が待ってる』等と、さんざん脅されたせいだ。手に持っていた皿が落ちて、がちゃんと音を立てる。口に入る前に水のような粥が足と脛《すね》に飛び散って、残りは石の床に染みこんでしまったが、食欲はとっくに失《う》せている。

ルルは牢の奥の壁に背中を押しつけて、嫌々と首を横に振った。その態度に焦《じ》れて中に入ってきた厳つい牢番に、力任せに引きずり出されてしまう。

――やだ…っ、助けて…！

もがいても音のしない声で叫んでも、牢番の力は少しもゆるまない。両手を縛《いまし》める鉄輪を嵌められて、そこから伸びる鎖を強く引かれる。ルルは薄暗く饐《す》えた臭いの充満する地下牢通路を、そのまま引きずられように連行された。そして階段をいくつか上がって押しやられたのは、地上にほど近い、地下入り口にある牢番たちの詰め所だった。

鍵束や拘束具、武器、そして拷問道具らしきものがずらりと壁にかけられた部屋の奥に、もうひとつ扉がある。扉の両脇には牢番とは明らかに違う、端正な出で立ちの近衛が数人立っていた。

「人払いを」

近衛のひとりがそう言って牢番たちを追い払うと、ルルを縛めている鉄輪の鎖を引き取って扉を開けた。

扉の奥には、クラウスがいた。

ルルと一緒に部屋の中に入った近衛に向かって、クラウスが手を振り、出て行くように命じる。近衛は「しかし…」と戸惑ったが、クラウスが「万が一この者が暴れても、予が返り討ちにするだけだ。この者の技量は予が一番よく知っている」と、凄味《すごみ》のある声で言い切ったので、近衛は一礼して出て行った。

近衛の手で部屋の中に押し込まれたルルの背後で、扉が閉まる。一瞬の静寂のあと、

「ハダルは命を取り留めた。腹の子も、なんとか無事だった。普通だったら死んでいたそうだ。助かったのは、偏《ひとえ》にハダルが〝聖なる癒しの民〟だったからだ」

クラウスは前置きもなく話しはじめた。

部屋には余計な物はほとんどなく、クラウスが腰を下ろしている椅子と簡素な机。そして背のない小さな丸椅子がひとつだけ。

クラウスは扉の前で立ち尽くしているルルをちらりと一瞥《いちべつ》すると、それまで完璧に抑え込んでいた疲労と苦悩の色を面に滲ませて、小声で言い足した。

「いつまでそんなところに突っ立っているんだ。ここに来て座れ。お前には聞きたいことがある」

そう言ってルルに座るよう手で示す。

机を挟んだ向かい側に置かれた、背のない小さな丸椅子を。

その命令が親切なのか、それとも死刑宣告なのか判断がつかないまま、ルルはおずおずと扉から背を離すと、わずかな距離をよろめき歩いて丸椅子に腰を下ろした。三日前、クラウスに殴られて突き飛ばされたときにぶつけた場所や、今しがた通路を引きずられたときにできた打ち身のせいで、身体の節々が痛くてまともに立っていられなかった。だから座れと言ってもらえたのは嬉しい。

ルルが座ると、待ちかねたようにクラウスが口を開いた。

「ハダルが、階段でおまえに突き飛ばされたと言った。俺も見た。他にも大勢目撃者がいる。何か言うことはあるか？」

抑揚のない平坦《へいたん》なその声音と内容にルルは心底驚いて、震えた。

——ハダルが、また嘘をついた…。

あのとき、ハダルは助けようとしたルルの手を振り払った。地面に向かって落ちて行くとき、その顔にはわずかに笑みが浮かんでいた。その意味を、牢に放り込まれてから三日間、ルルは考え続けた。

そもそも階段から落ちたのも不注意で足を踏み外したのではなく、わざとだったとしたら？　そう考えるたび、ルルはまさかと否定した。草地で転んだり、暑い煮込み汁《スープ》を少し浴びるのとは訳が違う。我が子を犠牲にしてまでそんなことをする、どんな理由があるというのか。

けれど今クラウスから聞かされた嘘の告発を知り、否定してきた考えが確信に変わった。

――ハダルは、本気で僕を陥れようとしてる…。

導き出された答えに、ルルは再び震えてクラウスを見た。その拍子に、手首を縛《いまし》めている鉄輪とそこから伸びる鎖ががちゃりと音を立てる。その音にか、それともルルに対してか、クラウスは不快そうに眉根をひそめ、

「――ああ、おまえは口がきけないんだったな。文字は書けるようになったか？」

わざとのように確認して、手元にあった紙葉に鉄筆《ペン》と脂墨壺《インクつぼ》を添えてルルの前に置く。目の前に差し出された紙葉に、ルルは震える手で訥々と、覚えたての文字を書き綴《つづ》った。

『違』――違う。

書けるようになった文字の中で、言いたいことを伝えられるのはこれだけだった。

「違う、か。何が違うんだ。おまえは指環欲しさにハダルと俺の子を殺すところだったんだぞ」

妙に静かで落ちついた物言いが、クラウスの怒りの深さを物語っている。こんな声を聞いたのは出会ってから初めてだ。

——こんなに冷たくて、容赦のない声も出せるんだ……。

ひりつく胸の痛みに身を震わせながら『違』と、もう一度書きかけた文字が途中で歪んでかすれる。俯いた拍子にぽつりと雫が落ちて机を濡らす。ぽつ…、ぽつり。続けて落ちたそれをクラウスに見られる前に、ルルは鉄輪の嵌まった腕で拭いた。

どうすれば、本当のことが伝わるのかわからない。どうしてこんなことになったのかも。

ルルは涙で潤んだ瞳でもう一度クラウスを見上げた。旅の間、瞳を見ただけでルルの想いを察してくれていたように、今も、真実を察して欲しいと願いを込めて。

けれどクラウスはまたしても視線を逸らし、ルルが『違』と書いた紙葉を取り上げて、目の前で静かに引き裂いた。

「話にならんな」

そう言って立ち上がりかけたクラウスを引き留めるため、ルルはあわててまだ残っている紙葉に、今度は『嘘』と綴った。それから『王』と書き、その次に『妃』と書こうとして、その文字はまだ習っていないことに気づく。代わりに『女』と書いてクラウスを見つめる。クラウスはじっと見つめていた紙面からルルに視線を移して顔を歪めた。

「王というのは俺のことだな。俺が嘘をついてるという意味か？『女』がハダルのことなら、ハダルについて俺がお前に嘘をついていると言いたいのか？」

——違う！

ルルが強く首を横に振ると、クラウスの顔に苛立ちが浮かんだ。身重の妻を殺そうとしたルルに対して、もう十分すぎるほど、それこそ破格の慈悲を示してきたのだ。その忍耐が尽きようとしているのがルルにもわかった。

「俺は、おまえのことがわからなくなった」

言いながらクラウスがゆらりと立ち上がる。

「まさか、俺を独り占めしたかったから、などという、子どもじみた考えでハダルを殺そうとしたんじゃないだろうな?」

その身が発している怒気と苛立ち、そして深くて冥《くら》い、言い表すことのできない強い感情に押されるように、ルルも腰を浮かせて後退った。

——クラウス、違う…！　僕は突き飛ばしてない。ハダルが、自分から落ちたんだ…！

これまで習い覚えた手話を使って必死に伝えようとしたけれど、手首に嵌められた鉄輪に阻まれてうまくいかない。ガチャガチャと不快な音を立てる鉄輪に苛立ったのか、クラウスは拳を強くにぎりしめて黙り込んだ。

その腕がかすかに震えている。ルルに対する怒りがよほど強いのか、それともルルに殴りかかるのを必死で堪えているのだろうか。

クラウスはルルを壁際まで追いつめて、上から見下ろしながら吐き捨てた。

「愚かだな…。もしもハダルが死んでも、俺はおまえを伴侶になどしない」

「――…っ」

追いつめられたルルはよろめいて、背中を強くぶつけた。わけのわからない痛みに胸を引き裂かれ、うめいたけれど声は出ない。

ぶつけた背中の痛みより、クラウスに否定された衝撃で息が止まる。

「本来なら、おまえは死刑だ」

ルルの苦悶など無視して、クラウスは言い添えた。

「――だが、おまえは口がきけず、文字もろくに書けない。弁明するための手段を持たない者を、一方的に断罪するほど俺は非情ではない。この減刑は俺からの温情だ。しかし他の者は、特にハダルは、許しがたいと思うだろう」

だから、とクラウスは言い足した。

「他の者が納得するように、おまえにとって、死刑より辛い罰は何か考えた」

クラウスは俯いて足元を見つめ、独り言のように続けた。

「おまえは俺の側にいたがった。ハダルを取り除いて、彼女に成り代わりたいと思うほど俺のことが好きだったんだろう？　だったら、二度と俺の近くに寄れないように遠く離れた場所に追放するのが、一番の罰になるのではないか？」

「…――っ」

ルルが鋭く息を呑んで唇を震わせ、もう一度これは冤罪《えんざい》だと訴えようとしたのを、クラウスは強い口調で切り捨てた。

「おまえが先に、俺の信頼を裏切ったんだ。誰に何を言われようと、家族として大切にするために手を尽くしていたのに…！　これは、おまえが俺の信頼を裏切った報いだ」

痛みを堪えるように目元を歪ませながら、クラウスは重々しく宣言した。

「おまえを国外追放の刑に処す。二度と我がアルシェラタン王国の国土を踏むことはまかりならん。我が国土でおまえを発見したら、そのときは問答無用で処刑する」

◇　追放

　国王の詮議を受けた地下牢の詰め所から、ルルは着の身着のままで放り出された。正確には、国境まで監視の兵に囲まれた一頭立ての粗末な馬車に押し込まれて、最低限の休憩と最低限の食事だけ与えられて。国境に到着すると、文字通り、境界線の向こうに放り出された。

　途中、一度だけ、衣服と靴、当座の食糧に、旅券や銀貨や銅貨がぎっしりつまった財布といった、冬季の長旅に必要な旅装一式が与えられかけたが、どこからともなく現れた軍兵によって取り上げられてしまった。地下牢の詰め所から馬車に押し込まれるまでルルを見張っていた兵士たちも、いつの間にか別人に変わっていた。罪人《ルル》を監視する兵士たちの間で諍《いさか》いのようなやり取りもあったが、それがいつ起こったのか、クラウスに誤解されたまま見捨てられた衝撃と、何日も続いた疲労と心痛のせいでルルは覚えていない。

　目の前に起きていることすべてに現実感が持てないまま、ルルは呆然と立ちつくした。

　これから季節は真冬を迎えるというのに、靴も上着も金もない。当座の食糧も火種もない。

　そして、放り出された国境付近には関所を守る小さな兵舎があるだけで、他に一夜の宿や、冬の間身を寄せさせてもらえそうな民家も見当たらない。

追放刑といっても、これでは緩慢な死刑と大差ない。

ルルは心と身体の痛みに麻痺《まひ》した頭で、ぐるりと周囲を見渡してから現状を受け容れ、小さく自嘲をこぼした。そうして歩き出す。何もない荒野に向かって。とりあえず、遠くに見える森に向かって。

生き延びるためではなく、クラウスの命令に従うために。一歩でも彼から遠ざかるために。彼の命令通りにすれば、そのうち許してくれるんじゃないか。そんな気がしたからだ。

寒さと飢えのせいで、自分は少しおかしくなっているのかもしれない。けれど深く考える気力はもうない。

とぼとぼと、裸足を引きずってよろめき歩いて、どれくらい時間が過ぎただろう。少し前から降りはじめた雪にかすんで、背後に遠ざかった兵舎が見えなくなる。あっという間に荒野が白く染まって、ルルは道を見失った。

——…ううん。最初から道なんてなかった。

目指す場所も、帰る場所も失った。

感覚の消えた裸足が突き出た石につまずいて、くしゃりと転ぶ。そのまま起き上がることができなくなって、ルルは目を閉じた。

そのとき、遠くから蹄《ひづめ》の音が聞こえてきた。だんだん近づいてくる。

ルルは目を開けて、わずかに顔を上げた。

雪にかすんだ彼方《かなた》から、黒い馬と、その馬を操る人影が近づいてくるのが見える。

騎馬はルルを見つけて駆け寄ると、少し離れた場所で動きを止めた。そのままひらりと騎手が飛び降りる。

――だ……れ……？

そんなはずはないと思うのに、わずかな期待が胸に芽生える。

ルルは手を突いてなんとか身を起こしながら、かすむ目をこらして相手を見極めようとした。けれど降りしきる激しい雪と、疲労で弱りきった目のせいでよく見えない。

痩せた、それほど上背のない男が近づいてくる。男は腰に帯びた剣をすらりと抜いて、声もなくルルに斬りかかってきた。

ルルが覚えているのは、肩から胸にかけて走り抜けた熱くて冷たい痛み。そして倒れたとき地面の砂利に打ちつけたこめかみの痛み。

それだけだった。

荒野に音もなく雪だけが降り積もり、何もかも白く覆い尽くしてゆく。

普通の人間なら死んでいただろう致命傷を受けて、ルルは冥い闇の底に意識を手放した。

◇ リエル

聖暦三五九九年十二ノ月。オスティア王国東部シララの街。

オスティアは大陸最南端に位置する王国のひとつだ。常夏《とこなつ》の国という謳《うた》い文句のとおり、北方の国々なら極寒の、雪と氷に閉じ込められる冬季にもかかわらず、晩春から初夏のような陽気に恵まれている。冬でもあたりを行き交う人々の大半は半袖や裾の短い脚衣を着ている。

シララはオスティア王国と東隣国との国境近くにある比較的小さな街だが、交易路沿いにあるため活気があって栄えている。南方諸国以外では希少品として高く売れる香辛料や貴石が、びっくりするほど安く手に入るし、他にも探せばいろいろとお宝が手に入る。

「リエル！」

名前を呼ばれてリエルが振り返ると、ダリウスが軽快な足取りで駆け寄ってくるところだった。足音にも気配にも気づけなかったのはぼんやりしていたせいか、それともダリウスの身のこなしがいわゆる〝玄人《くろうと》〟だからか。リエルはわずかに目を細め、近づいてくる長身の男を見上げながら、よろけかけた両脚に力を込めてその場に踏ん張った。

「重いだろ。半分持つよ」

そう言いながらダリウスは断る隙も与えず、リエルが抱えていた荷物の大半を持ち上げてしまう。リエルの手に残ったのは小さめの箱がひとつだけ。

「……――」

非力な女性に対するような扱いにひと言「僕は男だ」と釘《くぎ》を刺したくなったものの、わかりきったことをわざわざ主張するよりも素直に礼を言うべきだと思い直す。

「ありがとう」

「どういたしまして」

ダリウスはにっこりと人好きのする笑みを浮かべて歩き出した。ひとりで歩くときより心持ち歩幅を狭めてゆっくり進むのは、リエルに合わせるためだ。上機嫌で隣を歩くダリウスの逞《たくま》しい上腕や、鋼のように引きしまった手足、見上げるような長身と広い肩とぶ厚い胸板等と、自分の細い手足と華奢《きゃしゃ》な身体《からだ》つきを見比べて、リエルは秘《ひそ》かに嘆息しながら箱を持ち直した。中には目利きの隊商員《なかま》たちが市場や卸で買い集めてきた希少品や掘り出し物が詰まっている。

「なんかぼんやりしてたみたいだけど、疲れてるなら先に休むといい。荷造りと出発の準備は俺たちで済ませておくから」

何度か名前を呼んだのになかなか気づかなかったと指摘されてリエルは小さく肩をすくめた。

「大丈夫だよ」

「そうか？」

　ダリウスは荷物を抱えているとは思えない身軽さで、リエルの肩を自分の腕でちょんと押してから小首を傾《かし》げて顔をのぞき込んできた。そうすると濃い灰色の前髪が左眼から頰にかけてはらりと零《こぼ》れ落ちる。それをうるさそうに搔《か》き上げようとして両手がふさがっていることに気づき、頭をクッとひとふりする。その仕草に、なぜかトクリと鼓動が跳ねた。同時に泥水を吞《の》んでしまったような不快感も浮かんで、跳ねた鼓動の意味をかき消してしまう。こうした反応はこれまで何度も起きていて。けれどリエルは深く理由を考えたことがない。

「前髪、邪魔そうだね。切ったらいいのに」

「いいや。このまま伸ばそうかと思って」

「どうして？　短い方が似合うと思うけど」

「短くするとちょっと伸びるたびに切らないと鬱陶しくなる。だけど長く伸ばして括《くく》っちまえばすっきりするだろ。──って思ってたんだけど、短い方が格好いいってリエルが言うなら切ろうかな」

「格好いいとは言ってない。似合うって言っただけ」

「同じだろ」

　自信にあふれた目の覚めるような青い瞳を向けられて、リエルはもう一度肩をすくめた。

「——…」

ダリウスは二年前、リエルが荒野で死にかけていたところを助けてくれた隊商の一員——正確に言うと隊長の息子で、命の恩人だ。背が高く、しなやかな筋肉と均整のとれた体躯《たいく》の持ち主で、剣の腕も相当立つ。歳《とし》はリエルより八つ上。リエルは今年で十七歳になったから、ダリウスは二十五歳になるはずだ。

宿の前庭に停められた隊商馬車のひとつに荷物を運び込み、きっちり積み上げて固定し終わると、ダリウスは荷台から地面にひらりと飛び降りてリエルの隣に立った。

そのまま腰を抱き寄せられ、当然の権利と言わんばかりの慣れた仕草で唇を重ねられる。

「…——」

リエルが目を閉じる前に「ちゅっ」と音を立てて軽い唇接《くちづ》けを解いたダリウスに、犬の仔《こ》か鳥の雛《ひな》にでもするように、柔らかくてまとまりの悪い前髪ごとわしわしと頭を撫《な》でまわされて、リエルの胸は再び疼《うず》いた。蜜のような甘さと、傷口に塩を塗られたような痛みが同時に湧き上がって自分でも混乱する。

「おまえは本当に可愛《かわい》いな」

頭を撫でられながら慈しみを込めた瞳でそんなふうに言われると、嬉《うれ》しくて安心する。けれど次の瞬間には、胸を掻きむしりたくなるような苦しさに切り裂かれて息が止まりそうになる。どうしてそんなふうに感じるのか理由は分からない。だからリエルは、いつも曖昧に身をよじってダリウスの腕から逃れてしまう。

「――リエル」

「ごめんなさい」

半分背を向けて、手の甲で唇を覆って小さく謝りながらリエルがそれ以上の触れ合いを拒んでも、ダリウスは怒らない。むしろ彼の方が申し訳無さそうに謝ってくれる。

「いや、俺の方こそ悪い。――わかってるのに、おまえを見てるとどうしても…可愛くて」

「ダリウス、それ以上は…駄目、だよ」

「わかってる。――わかってるよリエル」

リエルに向かって伸ばしかけた手を引き、行き場のない思いをにぎり潰すように拳を固めたダリウスとの間に微妙な空気が流れかけたとき、背後から荷物を抱えた隊商仲間たちが現れた。

「おう、ダリウス！　親父《おやじ》さんがあっちで呼んでたぜ。次の仕事について相談があるって」

叔父のアッティスに親指で背後の宿を示されて、ダリウスは口の中で小さく舌打ちした。

「そんな顔すんな。おまえさんはこの隊商の跡継ぎなんだから、父親の人脈も継げるように今からどんどん顔を売っとかないとな」

「親父の仕事と人脈を継ぐのが嫌なんじゃない。あの仕事が――…って、まあいい。行って来る。叔父貴、リエルは少し調子が悪そうだからこれ以上の荷運びは免除して、早めに休ませてやってくれ」

「わかったわかった。おいダン！　ダリウスの代わりにおまえがリエルについてやれ」

ダンというのは叔父《アッティス》の息子、要するにダリウスの従弟《いとこ》で本名はダンテスという。ダリウスより三つ歳下で、ダリウスのことを実の兄のように慕っているし、忠実で従順だ。リエルに対してもダリウスと同じくらいやさしいし、大切に接してくれる。間違っても変なことにはならないという信用があるのだろう。ダリウスは念を押すように厳しい表情で従弟《ダン》にひとつうなずいてから、隊商長《ちちおや》が待っているという宿に戻って行った。

「リエル、おいで」

「ダン、ダリウスはああ言ったけど僕は大丈夫だよ。まだ荷運びくらいできる」

「そう言うと思った。でもダリウス兄貴の言う通りあんまり顔色よくないから、今日はおとなしく休んだ方がいい」

「でも本当に――」

「自分だけ先に休むのが心苦しいんなら、兄貴に内緒でオレの靴擦れ治してさ、それでチャラっていうのはどう？」

こちらの性格をよく把握しているダンテスの提案に、リエルは渋々うなずいた。

非力な自分が運べる量には限りがある。それで疲弊して寝込んでしまうより、なるべく体力を温存して、いざというとき自分にしか出せない力を発揮する方が喜ばれることを、リエルはこの二年間で身に沁《し》みて学んできた。荷馬車に設《しつら》えられた居心地の好《よ》い寝床に潜り込み、うしろからリエルの世話を焼くふりで乗り込んできたダンテスの派手な靴擦れを手当てしてしまうと、空回りするやる気とは裏腹に眠気が襲ってくる。

「さっすがリエルだ。助かったよ。いやあ、今朝下ろしたばっかりの靴がハズレでさ。ま、しばらくすれば馴染《なじ》むと思うけど。やっぱ靴は見た目重視で選ぶと駄目だよな…って、ほらやっぱり。疲れてるんだよリエル。オレたちに遠慮しなくていいから、ひと眠りしな」

「……うん」

ごめんなさい…と、誰に向かってなのか分からない謝罪を口にしながらリエルは目を閉じて、たちまち睡魔に抱きとめられた。そしていつもの夢の中に、とぷんと落ちた。

夢の中でリエルはいつも誰かに追われている。

それは大抵、五年前に故郷の地から、命からがら逃げ出したときの記憶が元になっている。

リエルの故郷は大陸中央部、周辺諸国からは秘匿された〝聖域〟と呼ばれる場所にあった。『あった』という過去形のとおり、今はもうない。〝聖域〟自体は今でも健在だ。けれどリエルが生まれ育った集落はもうない。大人から子どもまで、それこそ生まれたての嬰児《えいじ》から天に召される寸前だった老人まで。さらに、人々が慈しみながら飼っていた家畜や愛玩《あいがん》動物たち、そして家屋、長年手をかけて世話してきた畑や庭、果樹園まで。すべてが消えてしまった。生きている者たちは聖導士たちによって地下深くに広がる闇の洞窟《トンネル》――神殿に連行され、そこで言葉にするのもおぞましい方法で殺された。罪悪感の欠片《かけら》もない、恍惚《こうこつ》とした表情を浮かべた聖導士たちに血をしぼり取られ、肉を切り刻まれて。リエル以外の全員が。

リエルひとりが鳥の姿に変じて地上に逃げ出した。

そこで目にしたのは灰燼《かいじん》に帰した故郷の集落。

普通の火事ではない、特殊な火焔《かえん》で灼《や》かれた集落の跡地には、雪のように白い灰だけが残されていた。その灰も風がふくたび飛び散って、あっという間に消えようとしていた。

その情景を目に焼きつけながら、リエルは翼を広げて空高く舞い上がり外界に逃げた。人間の姿では絶対に不可能だっただろう、高い壁を楽々と飛び越えて〝聖域〟の外に出たのだ。

それから――、それから……。

何があったのかリエルは覚えていない。聖域を出たとき、季節はたしか早春だった。

そこから三年間の記憶がリエルにはない。すっぽりと抜け落ちている。

気がついたら、ダリウス一家の隊商馬車の寝台で高熱にうなされていた。

肩から胸にかけて命を落としてもおかしくないほど深い斬り傷があったけれど、奇跡的に持ち直して回復した。なんとか頭が働くようになってからたまたま聖暦年を耳にして、故郷を逃げ出してから三年も過ぎていると分かって、死ぬほど驚いた。

空白の三年間。自分はどうやって生きていたんだろう。

身がふたつに割れそうなほど深かった肩から胸の傷がふさがって、なんとか起き上がれるようになると同時に、記憶も少しだけ戻ってきた。戻った…といっても、いくつかの断片的な情景だけだけど。ひとつは二年前、ダリウスに助け起こされたときに垣間《かいま》見た情景。

　暮れなずむ夕空に雪が舞っていた。その景色を、灰色で冷たい水底《みなそこ》に沈みながら分厚い氷越しに仰ぎ見るような心地で眺めていた。

　もうひとつは、救いを求めて伸ばした手が空を切り、そのまま落ちてゆくような、深い深い井戸底に大切なものを落としてしまったような、果てのない喪失感。二度と取り戻すことができない、ひりつくような剥落の痛み。

　それらは、痛すぎてまともに見ることも癒すこともできない傷に似ている。リエルの能力《ちから》をもってしても癒すことのできないその傷口は、今もぱっくり開いて血を流しているようだ。

　どうすればそれがふさがるのかリエルには分からない。だから見ないし考えないことにしている。ダリウスやダンたちにやさしくされると一瞬だけふさがるような気がするけれど、次の瞬間には薄皮が剝がれて血が噴き出す。この二年間そんなことを繰り返して、さすがにもう慣れてきた。……いや、麻痺《まひ》した、というのが正しいのかもしれない。

　夢の中でリエルは寝返りを打ち、抱き寄せた毛布に顔を埋《うず》めた。

　――ルル・リエル、夕飯ができたわよ、帰ってらっしゃい。

　懐かしい故郷の集落で、幼い自分を呼ぶ母の声を思い出す。

　そう。僕の本当の名前はルル・リエル。でも「ルル」という名は、今は亡き家族と、集落で一緒に暮らしていた人々以外には誰にも呼ばれたくない。

——ルル・リエル！　危ないわ、降りてらっしゃい！

白く輝く護樹《まもりぎ》の天辺《てっぺん》近くまで登り、手を伸ばして〝空の浮島〟をつかもうとしていた幼い自分を呼ぶ、やさしい母の声が聞こえる。あわてて枝から幹へと伝い降り、最後の大枝から飛び降りると、受けとめてくれたのは地面ではなく、大きくて温かな父の両腕だった。

——ルル！　また母さんに心配をかけて、駄目じゃないか。

笑顔でそう言いながら、タンポポの綿毛のようにやわらかくておさまりの悪いルル・リエルの黒髪を、わしゃわしゃとかき混ぜるように撫でてくれた父の大きな手のひらの温《ぬく》もりを、思い出したとたん涙が出そうになる。夢の中なのに、その温もりがあまりにも本物みたいで涙が出る。

「………ウス」

父さんと呼んだつもりなのに、唇から洩《も》れたのは違う誰かの名前だった。

「リエル、目が覚めた？　具合はどう？　飯が食えそうならアルベラ伯母さんの肉詰め皮包《パイ》があるけど」

どうする？　と小首を傾げながらのぞき込んできたのは、ダリウスのもうひとりの従弟キルスだ。キルスは従弟の弟《ダン》で、リエルより二つ歳上。隊商一家の中ではリエルと一番歳が近く、物腰がおだやかなので話しやすい。

「……──ダリウスは？」

眠る前より重くなった身体を起こし、目元を覆う前髪をかき上げながら訊《たず》ねると、

「ダリウス兄さんはまだ外にいる。……っていうか、リエルは本当に兄さんが好きなんだな。さっきも寝言で名前を呼んでた」

キルスがそう言って笑ったので、リエルも調子を合わせて曖昧に微笑《ほほえ》んだ。

夢の中で呼んだ名前はダリウスとは違っていた気がするけれど、今となっては思い出せない。

「で、肉詰め皮包《パイ》はどうする？」

「食べるよ」

ダリウスの母アルベラの料理の腕は素晴らしく、中でも肉詰め皮包《パイ》は絶品だ。それからリエルが得られる滋味は極わずかとはいえ、美味しいものを食べる機会は無駄にしたくない。この先、あと何回食べられるか分からないのだから。

キルスに続いてリエルが荷台から降りると、三台の荷馬車を半円状に連ねた横に簡易食卓《テーブル》が広げられ、少し早めの昼食がところせましと載せられていた。宿の食堂で摂《と》らないのは、荷積みが済んだ馬車の側《そば》を離れたくないからだ。

食卓《テーブル》には二年前にリエルを助けてくれた隊商一家が勢揃《せいぞろ》いしている。命の恩人であるダリウスと、彼の父親で隊商長《マシュサグ》のマシュサグ。隊商長《マシュサグ》の弟（ダリウスの叔父）アッティスとその息子のダンテスとキルス。それから隊商長の妻で隊商の紅一点アルベラ。そしてアルベラの弟（ダ

リウスの母方の叔父）エルダだ。皆、腕に覚えのある強者《つわもの》揃いだが、中でもダリウスの強さは折紙付き。よほど治安の悪い地域でなければ、わざわざ護衛を雇わなくても身内で荷を護《まも》って旅ができる。

ひとつところに定住せず、移動を続けることが性に合っている隊商人にとって、腕っ節の強さは金にも勝る財産だ。ダリウス一家のように親族で構成された小規模隊商は、各地にそれなりの伝手《つて》があり信用もある。商品は物だけでなく情報も大切な稼ぎ頭だ。商人同士の情報網と、長年の勘と嗅覚がものをいう。

――その勘と嗅覚のおかげで、僕の命も救われたんだもんね…。

穀物と木の実を細かく挽いた粉を山羊《やぎ》の乳で練って薄くのばした皮で、細かく刻んだ肉と野菜と、木の実と香草と乾果を混ぜ合わせた餡《あん》を包み、それをさらに熱した鉄板で圧し焼いたアルベラの肉詰め皮包《パイ》は、まだほかほかと湯気を立てている。リエルはダリウスが広げてくれた折り畳みの簡易椅子に腰を下ろし、肉詰め皮包《パイ》を「はむっ」と頬張った。隣でダリウスが愛おしそうに自分を見つめているのを感じたが、気づかないふりで食事に集中する。皿の横に置かれた大きな木杯《マグ》にはリエルの大好物、蜂蜜入り果汁の葡萄酒《ぶどうしゅ》割りがなみなみと注がれている。

「食欲があってよかったよ。ダリウスがえらくあんたのことを心配していてね。だからあんたの好物を作ることに――」

したんだとアルベラが言い終わる前に、宿庭に面した枝道から入ってきた数人の男たちが、こちらに近づきながら親しげな様子で隊商長《マシユサグ》に声をかけた。

「よう、マッシュ。ずいぶん良い馬車を誂《あつら》えたじゃねぇか。ちょいと会わねぇうちにえらく羽振りがよくなったんだな。前に会ったのは二年前、いや三年前か？」

年季の入った商人風の男は肩で風を切りながら荷馬車に近づくと、品定めをするように太い幌《ほろ》枠をコツコツと拳の先で軽く叩《たた》いてみせた。

「別に羽振りが良くなったわけじゃない。前のはボロボロになったから仕方なく買い直したんだ。おかげで蓄えがほとんど吹っ飛んじまった。また一からコツコツ稼ぎ直しだよ」

隊商長《マシユサグ》の言葉に、リエルは肉詰め皮包《パイ》にかぶりついたまま動きを止めた。同時に食事を終えたダリウスとダンテスが立ち上がり、折り畳み椅子を片づけはじめキルスもそれに続いたので、リエルが思わず浮かべた怪訝《けげん》そうな表情に男たちが気づくことはなかった。

「ふうん？」

探るような目つきで中古——に偽装されているが実は新品——に見える三台の幌付き荷馬車を検分してから、一家の面々をぐるりと睨《ね》めつけた知人の視線を、隊商長《マシユサグ》は腕のひとふりでいなして自然な動きで立ち上がり「そろそろ出発だ」と告げた。

そのひと言でアルベラとエルダも立ち上がり、一糸乱れぬ阿吽《あうん》の呼吸でたちまち食卓《テーブル》を片づけて出立の準備を済ませてしまう。最後に馬具や馬銜《ハミ》の具合を点検するふりをしながら互いに身を寄せ合った隊商長《マシユサグ》とアッティスが、小声で言葉を交わすのがリエルにも聞こえた。

「背後に気をつけた方がいいな」

「ああ。この街にはしばらく寄りつかないことにしよう」

ふたりの目配せと会話の意味を理解する前に、リエルは食べかけの肉詰め皮包《パイ》を手に持ったまま、ダリウスの手に引き上げられて隊商長《マシュサグ》が御者を務める馬車の荷台に乗り込んだ。

陽《ひ》が中天に昇る前にシララの街を出たあと、何事もなければひと晩野営をして、翌日の夕方には次の宿場街に着くはずだった。しかし、シララを出て数刻後。見通しが悪く、道も荒れた場所に入ったあたりで襲撃を受けた。シララで隊商長《マシュサグ》に声をかけてきた、あの男たちだ。

最初から不穏な気配を感じていたのだろう。抜き身の剣と弦《つる》を張り終えた弓を横に置き、油断なく見張りを続けていた一家全員は、襲撃を受けると同時に馬車を停めて応戦に出た。

「リエル、おまえはここに隠れてろ！　絶対に顔を出すなよっ！」

こうした事態に備えて作られている隠れ処《が》——荷箱に偽装した狭い空間——に押し込まれたリエルは、ダリウスの念押しに素直にうなずいて身をひそめた。戦いの場面で自分にできることはほとんどない。下手に加勢などしようとすれば、却《かえ》って足手まといになる。それもこの二年間で嫌というほど思い知っている。

——僕が役に立つのは、怪我人《けがにん》が出てから。

そう自分に言い聞かせて、リエルは狭い隠れ処で息をひそめ、なるべく気配を消し続けた。

怒号と剣戟《けんげき》、ときどき荷台や幌枠に何かがぶつかったり刺さる音が何度か響きわたったりしたあと、ひときわ大きな叫び声とキルスのやむにやまれぬ悲鳴がほとんど同時に聞こえてきた。

「ダン！　キルスを中へ‼　残りはひとりだ俺がやるっ！　親父はそいつらの止《とど》めを――」

ダリウスの険しいながらも自信に満ちた声を聞き、リエルは隠れ処から這《は》い出した。安全を確信したからではなく、濃厚に漂ってきた血の匂いと、荷台に転がり込んできたキルスの苦しそうな呻《うめ》き声にじっとしていられなくなったからだ。

「キルス！　大丈夫⁉」

ダンに介抱されながら呻き声を上げているキルスに近づいた瞬間、馬車の後方から黒っぽい何かが飛んできて、ちょうどリエルの目の前にゴトリと落ちた。

「見つけたぞ！　リエルに頼んでくっつけてもらえ！」

賊を仕留めて息の根を止めてまわっていたアッティスが、戦闘で斬り落とされたキルスの腕を見つけて、放り投げてよこしたのだ。

「――…ッ」

リエルはすかさずそれに飛びついて、断ち斬られた傷口に手のひらを翳した。

自分の身体の中心からスッ…と天に向かって光の筋が伸び、その筋に沿って癒しの力が降りてくる。それを手のひらに誘導すると、やわらかな靄《もや》のような光が広がって、汚れた傷口を清めてゆく。リエルは続いてキルスに向き直り、彼の傷口にも手を翳して断面を清めた。それからダンに頼んで、キルスの腕をくっつけてそのまま動かないように固定してもらうと、両手を接合部に翳して一心に癒しの力を放った。

天から降りてくる力と一緒に、その導きの綱となる自分の生命力——すなわち寿命——も吸い出されていくのが分かる。分かるけれど止めるわけにはいかないし、減ったからといって別に惜しいとも思わない。

荒野で行き倒れ、死にかけていたところをダリウスとその一家に助けられたとき、リエルの〝癒しの力〟は生命力（寿命）に換算すると百五十年分ほどあった。聖域から脱出したあと、どこでどうやってそんなに大量の滋味を得られたのか覚えていないけれど。その半分近くは自分の傷を癒すのに使い、残りの半分もほとんどこの二年間で使い果たした。

そして今、キルスの断ち切られた腕を繫《つな》ぎ合わせ、元のように手指が動くまで回復させるために使った力は、寿命に換算すれば三ヵ月分ほどだろうか。

「……何度見ても体験しても、ほんとに不思議な力だよな、リエルのその〝癒しの力〟って。——おっしゃ、動くようになったぞ！」

キルスはほとんど痕を残さずきれいに繫がった右腕を、嬉しそうに振り上げた。さっきまで脂汗をだらだら流し、真っ青な顔で苦しそうに呻き声を上げていたのが嘘《うそ》のようだ。

「あ、まだ動かしちゃ駄目だよ。痛みが完全に引くまでは安静にして」

「そうだった、そうだった。嬉しくてつい…さ。あ、ダリウス兄貴たちが帰ってきた。兄貴もけっこうやられたみたいだ、リエル診てやって！」

キルスは場所を譲るために立ち上がり、リエルに重ねて礼を言って馬車を降りた。代わりに乗り込んできたダリウスも腕と腿《もも》に酷《ひど》い傷を負っている。リエルはそれをキルスにしたのと同じように力を注いできれいに治すと、次は隊商長《マシユサグ》、エルダとアッティス、ダン、アルベラと、戦いに参加して負った怪我がひどい順に癒していった。

「助かったよ、リエル」

「ほんと、リエルがいなかったらオレたちこれまで何回死んでたことか」

無邪気に喜び感謝を言い募るダンとキルスを、隊商長《マシユサグ》が何か言いたげな表情で一瞥《いちべつ》してから、一家を率いる長らしい落ちついた礼儀正しさで深々とリエルに頭を下げた。

「こんな商売をやってると、お宝の存在を嗅ぎつけた厄介な連中に襲われることはしょっちゅうだが…。リエル、本当におまえの力には助けられている。ありがとう」

「ううん。これは恩返しだから気にしないで。それに僕の方こそ、いつも聖導士たちから匿《かくま》ってもらって…護ってもらって、感謝してます」

「ああ…、そうだな。こんなにも素晴らしく得がたい力だ。〝聖なる癒しの民〟を聖導院の連中が血眼《ちまなこ》になって存在を隠し、独占しようとするのも無理はない。これからも俺たちは全力でおまえを護る。だから安心してくれ」

リエルが異様に聖導院や聖導士を恐れ、身を隠したがっていることを知っている隊商長《マシユサグ》にそう言われて、リエルは素直にうなずいた。一家のために〝癒しの力〟を使うのは、聖導士の目から匿ってもらっている謝礼だけでなく、荒野で死にかけていた自分を助けてくれた恩返しだ。本来ならあそこで尽きていた命と力なのだから、彼らのために最後の一滴まで使うのが礼儀だと思っている。

結局、全員の怪我や不調を癒すのに使った力——すなわち寿命は半年分ほどだろうか。

——残りの寿命は、あと三年分くらいかな…？

胸に手を当てて目を閉じると、玻璃杯《グラス》に注がれた葡萄酒の量が見えるように、なんとなく自分の寿命が分かる。これまでの経験上、次に大きな怪我人か重い病人を癒す仕事を頼まれたら、たぶんそれで終わる。

——僕の寿命はそこで尽きる。でも……別にそれでも構わない。

だからリエルはその事実を誰にも教えていない。むしろ、自分の命が早く終わればいいとすら思っている。誰かに知られたら、せっかく助けてもらったのに…と文句を言われそうだし、リエルも自分でそう思う。

けれど、美しい青空を見上げても、降るような星空の下でダリウスにやさしく抱き寄せられて愛をささやかれても、甘い香り漂う果樹と花にあふれた庭園で昼寝をしても、どんな山海の美味を味わっても、心の底から嬉しいと思ったり楽しいと思えない。胸の半分がえぐり取られて、本当の意味で『生きる喜び』を感じられなくなっている。ダリウスの一家に命を救われたあの日から、五感の半分が欠け落ちてしまったようなこの感覚はずっと続いていて……。

この世で一番大切なものは、どんなに乞い求めても永遠に手に入らない。

そんな絶望感と喪失感に苛《さいな》まれたまま長く生きたいとは思わない。——思えない。

だからむしろ、早く寿命が尽きることはリエルにとって救いになっている。

誰かの……命の恩人のダリウスと彼の一家の役に立ち、感謝されながら息を引き取る。それが、隊商馬車の中で息を吹き返して以来、リエルが求めている真の望みだ。

そんな本音は、誰にも言えないけれど。

これまで訪れた大きな領地や国の重鎮の病気や怪我を癒す仕事をどこからか見つけてきて、リエルがそれを癒すことで、どうやらかなりの財を築いているらしい隊商長《マシユサグ》だけでなく、リエルのことを『愛している』と口説いて憚《はばか》らない、やさしくて頼り甲斐《がい》のあるダリウスにも。

リエルは自分の〝癒しの力〟と寿命の関係について、ひと言も話していない。

「リエル、大丈夫か？　力をたくさん使ったから疲れただろう。ほら、あとは俺たちに任せて、しっかり休んでくれ。母さん、リエルに蜜湯を」

ぼんやりと考え込んでいるうちに、どうやらふらふらと身体が揺れていたらしい。心配したダリウスがリエルの身体を抱き上げて、寝台の中で一番上等な——いつもは隊商長《マシユサグ》専用の、やわらかくて分厚い敷布団《マットレス》と、軽くて適温に保ってくれる羽毛の上掛けがある——場所にそっと身を横たえてくれた。

「ちょうどよかった。上掛けも敷布も洗いたてだからね。遠慮せずに好きなだけお眠り」

アルベラが蜜入りの温かな牛乳が入った木杯《マグ》を手渡しながら、そう言って微笑んでくれる。

「ありがとう。すごく美味しい……」

礼を言って飲み干した木杯《マグ》を返すと、アルベラは心配しつつもどこか探るような瞳でリエルを一瞥してから、家族の世話を焼きに戻って行った。

彼女はおそらく女性特有の勘の良さで、リエルの本当の意味での不調を感じ取っているのだろう。けれど表面上はあまり変化がないから、確信が持てないでいるのだ。

「ひとりになるのが怖いなら、寝入るまで俺が手を繋いでいてやる」

了承する前からリエルの手をにぎり、寝台の横にどかりと座り込んだダリウスに前髪ごと額を撫でられて、リエルは淡く微笑み返した。

「――…ダリウスの瞳《め》の色、晴れた日の空みたいで……僕は好きだよ」

「知ってる」

「前にも、言ったっけ…？」

「だから髪を短くしろって言ったんだろ？」

言葉遊びみたいな他愛もない会話を交わしながら、ダリウスの手の甲が頬を撫でてゆく。包み込むようなそのやさしさに、胸が疼く。彼に労《いたわ》られ慈しんでもらうたびに胸を裂かれるような痛みが生まれるのは、たぶん罪悪感のせい。彼の想《おも》いに応えられないことと、何も言わずに彼をおいて先に逝くことへの罪悪感だ。指先でくすぐるように目元を慰撫されて、自然にまぶたを閉じたあたりで、意識が眠りの水底に落ちはじめる。

　完全に意識を手放す寸前に、耳元でダリウスのささやきが聞こえた。

「リエル。俺はおまえが好きだ。愛しているよ」

　――うん。知ってる。……でも、僕はもう、その言葉は信じないことにしてるんだ。

　誰に対しての宣言なのか分からないまま、リエルは殻に閉じこもる貝のように身を丸めて、眠りの世界に逃げ込んだ。

＊　＊　＊

　リエルが眠っている間に、隊商長《マシュサグ》率いる隊商一家は当初の予定を微妙に変えて、次の宿泊予定地を迂回《うかい》する行路《ルート》を選んだ。すべてはリエルを護るため――いや、正確にはリエルが〝癒しの民〟だということを他人に知られないための行動だ。

　大陸各地を旅してまわる隊商らしく、一家は〝癒しの民〟と聖導院の関係を一般庶民よりは詳しく知っている。リエルが〝癒しの民〟ということも、早い段階で気がついた。他ならぬリエル自身がその力を隠したりせず、惜しみなく一家のために使ったからだ。

　荒野に倒れていたリエルを見つけて真っ先に駆け寄り『自分が責任を持って世話をするから』と請け負って拾い上げたダリウスは、肩から胸にあった傷の手当てをしたり看病したりするうちにリエルに惚《ほ》れたらしく、彼の能力を必要以上に利用するつもりはないようだが、海千山千の隊商長《マシユサグ》は違う。リエルが持つ力は使い方次第で途方もない富を生むことと、それには危険が伴うことを誰よりも理解している。

聖導院の保護下にない〝癒しの民〟を報告もせずに連れまわしているだけでなく、勝手にその力を利用して稼いでいることが聖導院側に知られれば、隊商長《マシユサグ》一家の命はない。リエルは連れ去られ、一家は残らず極刑に処せられるだろう。

世に神の慈悲と善意を説き、貧しい人々に施しを与え、慈愛の笑みを浮かべて世界を闊歩《かっぽ》している聖導士たちに対して、隊商長《マシユサグ》は用心深く距離を取り警戒心を忘れない。彼らは慈悲深さの裏側に、喩《たと》えようもない冷酷さを秘めている。

そのことはダリウスもよく分かっていて、リエルが聖導士に見つかって連れ去られないよう、一家の誰よりも警戒している。恋する者の必死さで。だから隊商長《マシユサグ》は、息子《ダリウス》が同性のリエルを愛することには目を瞑《つむ》っている。本来なら、そろそろ嫁でももらって子どもを作れと言いたいところだが、それよりも今は『金の成る木《リエル》』を護る方が重要だ。損得で言うなら得。

商人にとって損得勘定は、この世で最も大事なもの。その点では、聖導院の連中と通ずるものがあるかもしれないと隊商長《マシユサグ》は自嘲する。

この二年間で隊商長《マシユサグ》が、さまざまな国の領主や国王級の要人相手にリエルの〝癒しの力〟を使って怪我や病を治し、稼いだ売り上げはかなりの金額になっている。それらは安全な形で蓄財されており、在処《ありか》を知っているのは隊商長《マシユサグ》と彼の弟アッティスだけだ。

そろそろ息子のダリウスにも、人脈や情報だけでなく金の流れと扱いを教える頃合いだろう。仕事のあとは速やかに現場を離れ、できれば国境を越えて別の場所へ移動する。隊商として不自然ではない逃走経路の確保や、追っ手の排除、ときには荷馬車を偽装するといった役割は、ほぼ完璧にできるようになった。次に大きな仕事にありつけたらダリウスにも金額交渉の場に同席させようと、隊商長《マシユサグ》は考えている。

＊　＊　＊

ガタゴトと絶え間なく揺れる幌付き荷馬車の寝台で目覚めることには、もう慣れた。隊商長《マシユサグ》専用の分厚い敷布団《マットレス》と、新しく購入した最新式の――見た目は古びているように偽装されているけれど――荷馬車のおかげで寝心地は悪くなかった。

幌に空けられた明かり取りの小窓から射し込む陽光の筋をぼんやり眺めてから、ふと寝返りを打つと、目の前に広くて分厚い胸があった。鼻先が中着《シャツ》にこすれる距離だ。顔を上げると、肘枕で自分を見つめている男と目が合う。

「……なに…してるの？」

「添い寝」

「仕事を怠《なま》けてるって、アルベラや隊商長《マシュサグ》に叱られない？」

「じゃ、言い直す。おまえの護衛」

それなら親父もお袋も、他の誰も文句は言わないと、ダリウスは胸を張る。

「腹は減ってないか？　おまえ結局、丸一日眠ってたぞ」

言いながら、リエルの隣に寝そべっていたダリウスは身軽に起き上がり、ガサゴソと背後をあさって蠟引《ろうび》き紙に包まれた挽肉《ひきにく》団子と燻製《くんせい》野菜の薄麵麭《パン》挟みを差し出した。

平べったい挽肉団子は甘辛い肉汁《ソース》が絡めてあり、旨味と甘味が凝縮した燻製野菜との相性も抜群。食欲がない場合に備えてか、続けて差し出された深皿には冷めても美味しい汁物《ポタージュ》が、その横の木杯《マグ》には新鮮な果汁で割った葡萄酒がたっぷり注がれていた。良い匂いに「ぐぅ」と腹を鳴らせながら、リエルは起き抜けの口を水でゆすぎ、ダリウスが絞ってくれた濡《ぬ》れ織布《タオル》で顔を拭いてひと心地つく。そのあとダリウスに世話を焼かれながら食事を摂った。

アルベラの手料理をもぐもぐと咀嚼《そしゃく》しながら、リエルはこっそりダリウスの精悍《せいかん》な顔を盗み見た。すぐに気づかれて目が合い、伸びてきた指の背で唇の端を拭われる。

「おまえが飯を食ってる姿を見ると、安心する」

そう言いながら、ダリウスは指の背で拭い取った肉汁《ソース》をペロリと舐《な》め取ってみせた。

「――…」

どう反応するのが正しいのか分からず、リエルは目を伏せて食事に専念するふりをした。

――ダリウスは僕の恋人だ。――たぶん。

一年前くらいからなんとなくそういう雰囲気になって、強く拒絶する理由もないので唇接《キス》けや抱擁を受け容《い》れているうちに、恋人ということになった。半年前に一度、契りを交わす寸前までいったけれど、どうしてもその気になれなくて。さりとて、命の恩人の切迫した情熱を無《む》碍《げ》に断るのも申し訳なく、苦しまぎれに口から転がり出たのが、

『契りを交わしてもいいけど、でもそうすると、僕の〝癒しの力〟は消えてしまうよ？』

という出任せだった。

『それでもいいなら好きにして』

そう言いながら手足の力を抜いて仰臥《ぎょうが》してみせると、ダリウスは息を飲んで目を瞠《みは》り、驚きのあまり言葉をつまらせた。次に声が出るまでの数瞬の間に彼がなにを思い惑い、なにを選び取ってなにを捨てたのか。わずかな視線の揺らぎとひそめた呼吸、そして表情から、リエルは正確に読み取った。だからダリウスが、

『おまえのことは、ものすごく好きだ。本当は今すぐ抱いてしまいたい。だけど、俺の恋のせいで、おまえの〝癒しの力〟がなくなったって親父や叔父貴たちにばれたら、俺はみんなになんて言って詫《わ》びたら――』

そう言ってリエルを抱くのをあきらめ、寝台を降りて背を向けても驚かなかった。驚くより、どちらかといえばその反応に安堵《あんど》して、同時に心のどこかで深く失望もしていた。

自分でそう仕向けたくせに『ダリウスにとって自分は、恋人としてよりも〝癒しの民〟として求められているのだ』という現実を突きつけられて、思っていた以上に傷ついた。

――ううん、元からあった傷口に塩を塗り込められたと表現すべきなのかな。

大切なものと両天秤《りょうてんびん》にかけられて、自分は選ばれなかった。捨てられた。

そんなふうに感じて勝手に傷つくのは、独りよがりでわがままだ。

分かっているのに、自分は選ばれないのだという事実を突きつけられるたびに、苦しくなる。

「……っ」

石でも噛《か》んでしまったように息がつまり、口の中の食べ物が砂のように不味《まず》くなる。

「リエル、どうした？　喉に詰まったのか？　ほら水を飲め」

深く俯《うつむ》いて身を硬くしたリエルを心配して、ダリウスが肩を抱き寄せながら水の入った水筒の口をあてがってくれる。それをゆるく避けて、リエルはにぎりしめた両手に顔を埋めた。

「――…なんでもない。大丈夫だから…」

全然そうは聞こえない声をしぼり出し、あふれ出しそうな気持ちを抑え込む。

――どうして僕は、ダリウスが寄せてくれるこのやさしさだけで満足できないんだろう…。

どうして、ダリウスが僕をさらって『ふたりで生きよう』と言ってくれないか…なんて、一度でも想像してしまったんだろう。本当はそんなこと、望んでいないのに。

そう。望んでいないし期待していない。

期待しても裏切られるだけだって、僕は知ってる。

自分の心には深くて大きな穴がある。それに名前をつけるとしたら『諦念』が一番近い。

リエルはダリウスの一番の誠意が、自分に向けられることを最初からあきらめている。隊商長《マシュサグ》やダン、キルス、アルベラやアッティスたちに対しても、本音の部分では一切期待していない。彼らが親切で、やさしく接してくれることに感謝はしている。けれど、与えられる以上のものは期待しない。期待しなければ、もらえなかったとき落胆せずにすむ。だから自分…の〝癒しの力〟が彼らに利用されていると薄々気づいていても、怒りも湧かない。

この世のすべてに対して、もうなにも期待しないと決めているからだ。

そしてリエルは、少しでも長く生きようと努力することも放棄している。

◇ 邂逅《かいこう》

オスティアの王都グドゥアは、別名『煌夜《こうや》の都』と呼ばれている。冬の夜長にこそ真価を発揮する綺羅星《きらぼし》のような灯火の群れと、南方諸国随一と言われる歓楽街がことのほか有名だ。

ダリウス一家の隊商馬車は王都グドゥアを貫く交易路のひとつ、東州街道から都入りすると、王都で最も治安の良い街区にある旅宿に腰を据えた。

隊商長《マシュサグ》は連日出かけたり訪ねてきた人と個室で密談したりと、商売の話をまとめるのに忙しそうだ。ダリウスの父方の叔父アッティスと母方の叔父エルダ、そしてアルベラも、隊商長《マシュサグ》の指示に従ってあちこち動きまわっている。これまで訪れた大きな都市や街でそうだったように、リエルの〝癒しの力〟を最も高く買ってくれる人物の情報を集めているのだろう。

リエルは日中、ダリウスやダン、キルスたちと一緒に市場へ行き、東方諸国で仕入れた商品を高く売り、グドゥアでしか手に入らない希少品や南国で安く手に入る品を買い付けるという、商人らしい活動に精を出していた。――精を出すのは主にダリウスたちで、リエルは基本的に軽い荷物を運んだり、商品を梱包《こんぽう》したりといった裏方作業しかしていない。

客との売買や値段交渉もしてみたいのだが、顔を覚えられると何かあったときに厄介だからという理由で、誰かの印象に残る行動は極力避けるよう言われているからだ。

それに文句を言うつもりはない。ただひとつ不満があるとすれば、どこの国の街や集落でも見かける、貧しくて医者に診てもらうことも薬を買うこともできずにいる病人や怪我人を〝癒しの力〟で治してあげたい、という願いが叶《かな》わないことだ。

以前に一度だけ、こっそり『内緒だよ』と言いきかせて、貧しい子どもの病気を治したことがある。子どもは約束を守って内緒にしてくれたが、その親がうっかり知人にしゃべってしまい、そこからあっという間に噂《うわさ》が広まって、我も我もとリエルの力を求める人々が押し寄せ、隊商馬車が囲まれて身動きできない事態になったことがある。

あのときは隊商長《マシュサグ》があらゆる詭弁《きべん》を弄して空約束をばらまき、皆が油断した隙をついてなんとか逃げ出せた。場所が大陸最外縁の海沿いで、聖導院などひとつもなく、数年に一度の巡回聖導士すら巡ってこない僻地《へきち》の田舎集落だったからよかったものの、〝癒しの力〟を持つ人間《リエル》の噂が聖導院に知られていたら――。今、改めて思い返すとぞっとする。

力を使い果たし、寿命が尽きて死ぬのは構わない。けれど聖導士に見つかって聖域に連れ戻され、地下深くにあるあの洞窟《トンネル》神殿で血をしぼり取られ、人としての尊厳を切り刻まれて死ぬのは嫌だ。同じ『死ぬ』でも、おだやかに逝きたい。

それが今のリエルに残された、唯一の願いだ。

グドゥアに着いて五日ほど過ぎた頃、リエルは隊商長《マシユサグ》が連れてきた品の良い初老の紳士と引き合わされた。場所は逗留《とうりゆう》している宿の一室だ。そこで隊商長《マシユサグ》に勧められるまま、紳士が長年患っているという膝痛を癒してみせると、彼は大層驚きつつも満足そうにうなずいて宿を去って行った。

それからさらに五日ほど経《た》った日の夜。リエルは隊商長《マシユサグ》、ダリウス、ダン、エルダの四人に護られる形で、王都の中心に広がる広大な王宮敷地と街区の境界に建つ、小さな離宮に足を踏み入れた。

宿から離宮までの道筋は極力他人目《ひとめ》につかないよう配慮されており、街区との境界から最短距離にある離宮が選ばれたのは、いざというとき逃げ出しやすいようにという隊商長《マシユサグ》の計算だ。見た目は地味だが重厚で、たっぷりと金をかけられているのが分かる小さな離宮の中、奥まった一室のさらに奥にある寝室に通されたリエルは、そこで立派な寝台に埋もれるように横たわり、息も絶え絶えな様子で死にかけている、ひとりの老人を癒すよう頼まれた。

「御病気なのです。どんな薬も効かず、名医中の名医による治療でも治すことができず途方に暮れております。陛…この方は、この国になくてはならない存在。どうかお願い致します」

なんとか治してくれと頭を下げたのは、先日リエルが膝痛を癒してやったあの老紳士だった。

そう言われても、リエルの見たところ老人のそれは病気というより老衰で、たとえリエルがここで〝癒しの力〟を使って一時的に持ち直したとしても、そう遠くない未来に亡くなる運命は変えられそうもない。

一応、その事実を病人本人には聞こえないよう小声で老紳士に告げると、老紳士は一瞬口をつぐんでから表情を引きしめて、「それでも構いません」と告げた。

リエルは老紳士と、やわらかな寝具に沈み込み溺れるように呻吟《しんぎん》している老人を交互に見つめて、胸の内で小さく溜息《ためいき》を吐《つ》いた。

苦しみを癒し、おだやかに逝けるようにして欲しいという依頼だったらよかったのに…。

おそらく百歳近い、すでに充分長生きをしたと思《おぼ》しき高貴な老人の死期を無理に延ばすより、街のあちこちで見かけた、貧しくて医師に診てもらうことができない怪我人や病人、特に子どもや母親にこの力を使えたらよかったのに…。

そんな本音をここで吐露するわけにもいかない。リエルは老人が横たわる寝台に腰を下ろし、彼の顔をのぞき込むように身を寄せて両手を翳し、目を閉じた。

「リエル、よくやった」

「これだけ謝礼を頂戴すりゃ、この先しばらくはこんな危険な橋は渡らずに済む」

「宿に戻ったらすぐに出発だ」

「荷馬車は？」

「計画通り。別の場所に移動してある」

離宮からの帰り道。リエルはダリウスに背負われながら半分夢うつつ、ほとんど上の空で彼らの会話を流し聞いていた。〝癒しの力〟を使ったあとはいつも眠くなるので、リエルがぐったりしていても誰も不審に思わない。

あの老人──おそらくこの国の王《オスティア》──が起き上がり、自分の足で立って歩けるようになるまで〝癒しの力〟を使った代償に、リエルの寿命は残り数日になってしまった。もちろんそのことに気づいているのは、リエル自身だけだ。

「三日後にもう一度、重ね掛けするって約束したのは？」

「もちろん嘘だ。そう言っておけば、大金欲しさに俺たちがまだ滞在するって思うだろ」

「そんなわけないよな」

「ああ。今夜のうちにグドゥアを出る」

荷馬車の種類と台数を変え、馬も替え、一家全員も変装して脱出する。もちろんリエルも変装させて。先日新調したばかりの荷馬車と、せっかく仕入れた商品の大半を安値で売り払っても余りある大金を今夜ひと晩、いや数刻で稼ぎ出したのだ。ほとんど昏睡《こんすい》寸前のリエルの頭上で交わされる小声の会話が、ひそめてもひそめても昂揚《こうよう》するのも無理はない。

彼らは奇跡の力を持った〝聖なる癒しの民〟について一般人よりは知識があるが、本当の意味では何も知らないのだ。だから、リエルの力が無限に続くと思っている。力を使ったあとは少し寝込むが、しっかり休養すれば回復すると信じている。だから彼らに悪気はない。

――僕があと数日で死んでしまったら、ダリウスは驚いて悲しむだろうな…。

そしてたぶん、リエルの死期に気づかなかった自分を責める。

それだけは申し訳ないと思う。

「……ごめ、ん…ね」

大きくて温かなダリウスの背中で小さく詫びたリエルの声は、誰の耳にも届かなかった。


何かが近づいてくる。

まるで朝陽のようなまばゆさで、大きくて強い何かが近づいてくる――。

眼前で星煌灯を点《とも》されたような眩《まぶ》しさにリエルがまぶたを開けると、背中にガタゴトと馬車が石畳みの上を走る振動が伝わってきた。暗い色の幌で覆われた荷台の中は、真夜中の暗さだ。逃走用に誂えたらしい新しい荷馬車は、嗅ぎ慣れない木と革と塗料の匂いがする。

リエルはぼんやりと虚空を見つめてから、自分の手の甲を眼前に翳した。

闇の中、わずかな濃淡の差で手指の輪郭がなんとか見分けられる程度。視線を動かしても、どこにも目覚める寸前に感じた眩《まばゆ》い光源など見当たらない。それなのに――。

「リエル…！」

どこか切迫した小声で呼ばれて振り返ると同時に、ポッ…と小さな明かりが灯《とも》り、ダリウスが心配そうな顔でのぞき込んでいるのが見えた。

「――…どうした…の？　そんな…顔して」

自分でも驚くくらいのかすれ声。これではダリウスが心配するのも無理はないと思う。

「『どうしたの？』じゃないだろ。目が覚めたみたいだから何度も呼んだのに、ぜんぜん気づかなくて。耳が聞こえなくなったんじゃないかって心配した」

「ああ…うん…」

ごめんなさいと小さく口の中でつぶやきながら、リエルは目元を気怠《けだる》く腕で覆った。

「リエル？　マジで大丈夫か？」

「……大丈夫だよ。ちょっと、眩しくて」

ダリウスがあわてて灯火を吹き消したけれど、リエルはあえて誤解を解かなかった。

どこにも光源などないはずなのに、目を閉じると眩い光に包まれる。圧倒的な光輝に胸が震えて泣きたくなる。今すぐここから飛び出して、この光を求めて走り出したいくらいに…。

「腹は減ってないか？　喉は？　飲み物が欲しいなら――」

リエルの様子がいつもと違うことを本能的に察したのか、ダリウスがいつにも増して甲斐甲斐しく世話を焼いてくる。それが今は少し辛《つら》い。リエルは曖昧に首を振って誤魔化した。

「…何もいらない。それより、今何時？　あれから何日…経った？」

「そうか。欲しくなったらすぐ言えよ。離宮を出てからなら半日も過ぎてない。まだ王都《グドゥア》の内側だ。西門を通って西州街道に出る予定だったけど、城門の警備が思ったより厳しくて、今は賄賂《わいろ》が利く裏門に向かってる。そっから北天山公路を迂回して西キュロスに向かう」

「そう…」

なるほど、ダリウスが心配するのも無理はない。数年分の寿命が縮むほど力を使ったあとにしては、目が覚めるのが異様に早い。これまでなら丸二日くらい眠り込んでいるはずなのに。

身体は滅茶苦茶怠いけど、こんなに早く意識が戻るなんて不思議なこともあるものだ…と、もう一度眼前に手のひらを翳してぼんやり夢の余韻に浸っていると、ダリウスが距離を詰めて肩を抱き寄せてきた。

「本当に大丈夫なのか？　なんだか最近、おまえが妙に儚《はかな》く感じるんだ」

まるで子どもが母親の胸に顔を埋めるように、ダリウスはリエルを抱きしめて首筋を吐息で湿らせた。そのまま輪郭を確認するように肩や腰、背中や腕を手のひらでやさしく撫でられて、最後に後頭部を支えるように持ち上げられる。唇接けの気配を察して、リエルはさりげなく身をよじり、かりそめの恋人の腕からするりと逃れた。頭上から落胆の気配が落ちてくる。それを誤魔化すために小さく苦笑してみせた。

「儚く？　なにそれ」

「笑いごとじゃない。――これまでだって、俺はずっと、おまえが仕事で力を使って眠り込むたびに滅茶苦茶心配してたんだ。今だって、そんなふうに目を閉じてじっと動かないでいると、なんだかそのまま闇に溶けて消えちまいそうな気がして…」

「――考えすぎだよ」

そして、ずるい。仕事で力を使うたび滅茶苦茶心配しているのに、仕事を止《や》めろとは言わないし、父親《マシュサグ》を止めようともしない。僕を連れて逃げ出すこともしないし、力が消えることを恐れて抱くこともあきらめている。

やさしく気遣われれば気遣われるほど、彼の言動に矛盾を感じて不思議に思う。

「なあ。俺を残して、死んだりしないよな？」

「…――なに、急に」

一瞬、真実を言い当てられて息が詰まる。さっきまで彼のことを『ずるい』と断じていたのに、今度は自分が彼を裏切っている気がして申し訳なく思う。

「だっておまえ、力を使うたびにどんどん…――」

「どんどん儚くなって、口の中の飴玉《あめだま》みたいに消えてしまったら、僕のことは忘れて…」

もっと良い人を見つけた方がいい。その方が、きっとダリウスは幸せになるよ。冗談めかしてそう慰めようとしたとき、ガタンと馬車が停まった。

「――ッ!?」

ダリウスが一瞬で身を起こし、剣を鞘《さや》から抜いて臨戦態勢をとる。あたりは静かで、時々遠くで酔客が笑ったり怒鳴り合ったりする声や、犬の遠吠《とおぼ》えがかすかに聞こえてくる程度だ。

「リエル、隠れてろ。俺は様子を見てくる」

小声で命じたダリウスが荷台の出入り口をふさいでいる垂れ幕を用心深くめくると、隊商長《マシュサグ》と叔父《アッティス》がちょうど駆けつけてきたところだった。ふたりは背後を気にしながら荷台の中を一瞥して、リエルが無事なことを確認すると、押し殺した小声でささやいた。

「裏門に通じる道もすべてオスティアの軍兵が見張ってる。あの老いぼれ王め、伊達《だて》に百年近く長生きしてねぇな。俺たちが今夜のうちに逃げ出すことを読んでたようだ」

「どうする？」

「さっきダンとキルスを斥候に出した。ダリウス、リエルに目立たない服を着せておけ。いざとなったら俺とアルベラが囮《おとり》になって敵を引きつけるから、その隙に街中にまぎれ込んで追っ手を撒《ま》け」

他の街なら無謀な策だが、『煌夜の都』の異名を持つ王都グドゥアなら身を隠す場所はいくらでもある。リエルの変装と散開後に落ち合う場所を手早く確認している間に、ダンとキルスが戻ってきた。

「親父さん、ヤバイぜ！」

「聖導院の聖兵がうろついてる」

「なんだと？　あいつら海沿いの国には滅多に現れないはずだぞ」

「それがいたからヤバイんだってば」

キルスのその報告に、リエルは震え上がった。

「オスティアの兵士とは別に、誰かを探してるふうだった。目についた人間を片っ端から尋問してるっぽい。もしかしたらあいつらも、リエルを探してるんじゃ……」

あと数日で尽きる命を惜しんだところでどうなるわけでもないのに、リエルは一度湧き上がった震えを止めることができなかった。オスティア軍に捕まって〝癒しの力〟を強要されるのは構わない。けれど万が一、聖導院に引き渡される可能性があるなら捕まるわけにはいかない。

「どうする？　親父さん」

策を問われた隊商長《マシユサグ》は少し考え込んでから、顔を上げてダンに確認した。

「オスティア兵と聖導院の連中は協力し合ってるわけじゃないいんだな？」

「ああ。連携してるようには見えなかったし、オスティア兵はリエルを探してることを聖兵には知られないよう注意してた」

「そうか。それなら勝機はある。あいつらを相打ちさせて、その間に俺たちは逃げるぞ」

隊商長《マシユサグ》はそう言うと、一家を集めて小声で指示を出した。

荷台のリエルに聞こえてきたのは、アルベラがリエルに扮《ふん》して隊商長《マシユサグ》が操る馬車に乗り込み、オスティア兵と聖兵の注意を引きつけ、双方が獲物を争い相打ちし合うよう仕向ける。その間に他の一家はリエルを守りつつ、もう一台の馬車で南門に向かうという計画だ。道筋《ルート》は相手の予想を逆手にとって堂々と歓楽街の中心を抜け、南門に至る中央通りを突っ走る。南門の外は海に面した港街が広がっていて、そこまでたどりつけば、あとは隊商仲間の伝手をたどって船に乗り込み、他国へ逃げられるだろう。

そのあとさらにひそめた声で何やら短く打ち合わせをしていたが、おそらく互いを確認しあう合図だとか、落ち合う場所や頼るべき仲間の名前などだろう。それらは一家に共通の秘密で、たとえリエルといえど他人には知られたくないらしい。

話がまとまると一家はすばやく配置についた。リエルがいた荷台にダリウスが戻り、さらにダンとキルスが乗り込んでくる。御者台にはアッティスとエルダが座って出発。ほとんど同時に隊商長《マシユサグ》とアルベラを乗せた馬車が、反対方向に向けて走り出した。

リエルを乗せた馬車は、不審に思われないギリギリの速度で右に曲がり左に曲がり、オスティア兵の目をうまく避けて煌夜の都《グドゥア》の歓楽街に入った。とたんに、真夜中とは思えないほどの色とりどりの灯火の眩さと、酔客のざわめきや嬌声《きょうせい》が幌で覆われた荷台の中まで伝わってくる。

「さっすが『煌夜の都』。真夜中なのにすげぇ賑《にぎ》わいだよな。こんな迷路みたいな場所にまぎれ込まれたら、さすがの聖兵やオスティア兵も手こずるだろ」

「木の葉を隠すなら森の中ってやつだな。おっと、油断するな。ちゃんと見張ってろ」

緊張を解くためだろうか、ダンとキルスは軽口を叩き合いながらも幌についている明かり取りの小窓から外を見張り続けている。ダリウスも出入り口となる垂れ幕の隙間から外をのぞき見て、やはり油断なく周囲を警戒している。リエルは荒事が起きるときいつもそうするように、小さく身を丸めて皆の邪魔にならないよう息をひそめていた。

早駆けしすぎて不審に思われないよう注意しつつ、夜の街をくねくねと走り続け、馬車が南門に至る中央通りに出たときには、漆黒だった東の空がほんのり紺色に変わりつつあった。

隊商長《マシュサグ》とアルベラがうまく敵を引きつけたのか、周囲に怪しい人影はない。追っ手が迫る気配もない。このままあと四半刻《しはんとき》も走れば南門にたどりつく。そう、荷台の中で皆がひと息ついたので、リエルも膝を伸ばして外の様子をのぞき見た。

東の空が紫紺から青、そして淡い水色へと変わり、最後に白と金色に染め上がったかと思うと、立派で高層な建物と低くて簡素な建物の差が激しい王都《グドゥア》の街並みの合間から、冬のやわらかな朝陽が射《さ》し込みはじめた。

大通りの両側にところせましと露店が並びはじめ、朝市や仕事に向かうために行き交う人々の数が目に見えて増えはじめると、馬車の前を横切ろうとする無謀な通行人も頻繁に現れて、広々としていたはずの道幅が狭く感じてしまう。

ゴトゴトと速度のわりに揺れが小さいのは、馬車の出来が良いのか、石畳みに凹凸が少ないせいか。小窓から身を引いて定位置に戻ったリエルはぼんやりと、どこからともなく射し込んでくる眩い光に戸惑っていた。夢を見ているわけではない。最初は朝陽だと思ったが、馬車が何度角を曲がっても建物の陰に入っても途切れない。

まるで自分を絡め取るように、包み込むように、あふれる光の出所がどこなのか気になって、ふらりともう一度立ち上がりかけたとき、突然馬車が停まった。

つまずいたような急停止に、中腰だったリエルはあえなくひっくり返った。

「どうした⁉」

ひそめた小声でダンが御者台の父親アッティスに確認する。

「見慣れない連中が近づいてくる。明らかに訓練された動き――ありゃ相当の手練れだ」

「オスティア王の追っ手か？」

ダリウスの問いにアッティスは「いや違う」と返し、隣に座っていたエルダが「たぶんそうだ」と同時に答えた。

「どっちだよ」

焦《じ》れたように前髪を押し上げたダリウスの後ろから、リエルが恐る恐る訊ねた。

「もしかして、聖導士…？」

「わからん」と答えたアッティスの語尾にエルダが「その可能性もある」と重ねる。

「どっちだ」

「わからん。もしかしたら両方だ。――いや、待て。オスティア兵が東から来た！」

「そんで、あっちの角から来るのはたぶん聖兵だよな」

アッティスの叫びに、目の良いキルスの報告が重なる。さらにダンが悲鳴に近い声を上げた。

「マジかよ！　じゃあ西から現れたあの正体不明な連中は何者《なにもん》だよ⁉」

「駄目だ囲まれる。逃げ場がない！　しょうがねぇ、応戦するぞッ‼」

普段は温厚なアッティスの覚悟を決めた叫びに、リエル以外の全員が即座に応じて動き出す。

「その前に、まずは一《イチ》か八《バチ》か正面突破《なだ》だ！　皆、しっかりしがみついとけっ‼」

南門に至る方角は、脇道から雪崩れ込んでくるオスティア兵によってふさがれつつある。後ろからは聖導士の外套《マント》の下に鱗《うろこ》のような鎧《よろい》を着込んだ聖兵が、不気味な静けさで迫りくる。

そして西からは、身分を示すものを一切身に着けていない正体不明の一群が。

「いたぞ！　あそこにいるのが〝標的〟だ。なんとしても奪還しろ！」

聖兵が鋭く叫んで外套をはね上げ、手に持った光る何かを頭上に掲げた。「射光弾だ！」という誰かの叫びとともに、オスティア兵が「撃たせるなッ！」「潰せ！」「奪え！」と怒号を上げて聖兵たちに向かって跳びかかってゆく。

「渡すな！　聖兵の連中を皆殺しにしてでも〝癒しの民〟は我らのものにするんだ！」

「邪魔をするなっ！　虫けらどもめ‼」

情け容赦のない罵倒とともに聖兵が手に持った塊から閃光《せんこう》が放たれ、オスティア兵が集合していた場所で炸裂《さくれつ》する。辺り一面で悲鳴が上がり、土煙砂煙がもうもうと舞い上がる。少し遅れて細かく粉砕された石畳みの欠片がバラバラと舞い落ちる中、聖兵たちとオスティア兵が叫び合いながら雪崩のように押し寄せてくる。しかし互いに先手を取ろうと潰し合うのに必死で、なかなかリエルが乗った馬車には近づけない。聖兵は殺傷力の高い独自の兵器で優位に立とうとするが、数の上では圧倒的にオスティア兵が上だ。

「怯《ひる》むな！　やつらの武器は使える回数が限られてる。使い切っちまえば丸腰同然だ！　死ぬのを恐れるな！　腕や足が千切れ飛んでも、首が吹き飛んでも、〝癒しの民〟さえ手に入れれば元に戻って生き返るんだっ！」

進め進めと上官に鼓舞されたオスティア兵は、仲間が横で吹き飛ばされても逃げ出すことなく前進して、聖兵を追いつめてゆく。さらにあちこちで目くらましの煙幕が上がり、視界がすこぶる悪くなる。その機に乗じて正体不明の一群が、せめぎあうふたつの勢力を器用に迂回して、静かにリエルが隠れている馬車に近づこうとしている。

大通りだけでなく、狭い路地も広い街路も水場も広場も、あたり一帯があっという間に戦場になった。刃の交わる金属音と怒号が飛び交い、逃げ出す人々と、続々と新たに現れるオスティア兵の増援、さらにあちこちから飛び出してくる火事場泥棒らしき男たちで、あたりは混乱を極めた。まるで嵐の海に生まれた渦巻きのようだ。

それらを尻目に、リエルを乗せた馬車はオスティア兵包囲線の切れ目に突っ込み、一度は突破しかけたものの、次々と跳びかかってくる兵士を振り切ることができず、ついに停まった。

リエルはダリウスに引き寄せられ、有無を言わさぬ素早さで二重になってる櫃《ひつ》の底に押し込められた。

「おまえはここに隠れてろ……！」

最後にそう言い残したダリウスの語尾に、鋭い剣戟の音が重なる。少し遅れてドサリと人が倒れる音がした。リエルがダリウスの無事を確認しようと声を上げる前に「俺は大丈夫だ！おまえは絶対に外に出るな…ッ！」と牽制《けんせい》された。

暗くて狭い隠れ処の中で、リエルは必死に息をひそめて気配を断とうと努力した。

本当は、自分も外に出たい。外に出て、その場で力を使い果たして命が尽きれば、こんな騒ぎもすぐに収まるだろうに。そう思うと居ても立ってても居られない衝動に襲われる。

こんな処に閉じ込められていたくない。外に出たい。

怒号に鬨《とき》の声。悲鳴と喘鳴《ぜんめい》。馬車の木材がきしむ音。すぐ耳元で聞こえるような気がする荒い足音と鈍い濁音や鋭い金属音。暗闇の中でそんなものに囲まれていたら、本来なら気が狂いそうなものだが、リエルは不思議なほど怖くなかった。

目を閉じると眩い光がリエルを護るように、包みこんでいるのが分かる。だから怖くない。

両手を強くにぎりしめた瞬間、馬車が大きく揺れて、天地がひっくり返った。

悲鳴と怒号の合間に剣が馬車に突き立てられる音がする。

リエルは呆然《ぼうぜん》としながら横に押し倒された馬車と隠れ処から這い出し、地面にぶちまけられた荷物に足を取られないよう気をつけて馬車の陰から抜け出した。そのままそこに隠れていたら、馬車がさらに倒れたとき押し潰される危険があったからだ。

近くで火事でも起きたのか、あたりは濃い煙がもうもうと立ちこめていて視界がほとんど利かない。リエルは咳《せ》き込み、よろめきながら地面を這いずって武器になるものを探した。

残り数日の命だ。ここで死ぬのは惜しくない。死ぬよりも恐ろしいのは聖導士に捕まって、故郷の聖域に連れ戻され、そこで〝贄《にえ》の儀《ぎ》〟の供物にされること。今さら聖導士に捕まるくらいなら、ここで死ぬ。

その覚悟で、近くに倒れ伏している見知らぬ兵士の腰から小剣を取り上げた。そのとき——、

「——ルル！」

煙の向こうから名前を呼ばれて心臓が止まった。

雷に打たれたように、全身が痺《しび》れて目の前が真っ白になる。

ただ名前を呼ばれただけなのに、自分がどうしてそこまで激しい反応をしたのかよく分からないまま振り返ると、煙幕の向こうに見知らぬ男が、血に染まった抜き身の剣を右手ににぎりしめて立っていた。

「だ、れ…？」

かすれた声のつぶやきは、自分の耳にも届かないほど小さい。

あなたは誰？　どうして僕の真名を知ってるの…？

そう問いたいのに、驚きのあまり声にならない。口を開けて呆然と立ち尽くしていると、

「ルル……！」

煙の中から男が一歩踏み出してリエルに歩みより、感極まった表情で腕を差し伸ばしてきた瞬間、リエルは突然蛇のような素早さで横から伸びてきた手に腕をつかまれ、濃い煙の中に引きずりこまれた。そのまま即座に身体を抱え上げられ、どこかへ連れて行かれる。

とっさに相手を睨《にら》みつけると鱗のような鎧を身にまとった聖兵──聖導士だった。

「──……ッ！」

リエルはかすれた悲鳴を上げながら、手に持っていた小剣を聖兵の腕に突き立てようとして、あっさり避《よ》けられた。代わりに横殴りに殴り飛ばされる。さらに間髪容《い》れずに襟元をつかんだ腕に引き寄せられ、剣の柄頭でこめかみを殴られて世界が歪《ゆが》む。

手足から力の抜けた身体を再び抱え上げられ、荷物のように運ばれようとしたとき、強い風が吹いてわずかに煙が薄れた。

遠くで、さっき自分に向かって「ルル！」と叫んだ男が、何か聞き取れない怒声を上げながら駆け寄ってくるのが視界の端に映る。男は、リエルを盾にして逃げようとする聖兵に向かって咆吼《ほうこう》を上げ、目にも止まらぬ早さで斬りかかった。白刃が閃《ひらめ》いて、リエルをつかんでいた両腕が宙に舞う。絶叫を上げて仰《の》け反《ぞ》った聖兵に止めを刺すと、男は支えを無くして地面に放り出されたリエルに駆け寄り、そっと抱き上げた。

両手でうやうやしく、びっくりするほどのやさしさで、リエルの身体は抱き寄せられた。

男はそのやさしさとは裏腹な鋭い声で、まわりにいる誰かに向かって指示を出している。

「――、――だ、――あとは頼むぞ！」

「はっ」

頼もしい返事と周囲の安全を確認したらしい男の視線が、自分に戻ってくるのをリエルは感じた。近づいてくる男の息遣いと匂い。殴られて歪んだままの視界を圧倒する、眩い光の塊。

温かな光と、肌に伝わってくる男の熱。

「ルル！」

もう一度、耳元で大きく呼ばれて、リエルは呻いた。

「……だ、れ――？」

――どうして僕を、その名で呼ぶの？

かすむ視界の中で溶け崩れようとしている男の顔に手を伸ばしながら、ルルは小さく訊ねた。

男は一瞬息を飲んで彫像のように固まったあと、すぐさまリエルを抱き寄せた。

まるで生まれたての鳥の雛を扱うような、やさしく繊細なその動きに、リエルの心はさざ波のように震えた。その声と、懐かしさのあまり泣きたくなるような男の匂いに、もう一度全身が痺れる。指先から泡沫《あわ》になって溶け崩れてしまいそうになりながら、

――あなたは、誰…？

その問いが声になる前に、リエルは意識を失った。

＊　＊　＊

「リエル！　リエル‼　どこにいるんだ⁉　返事をしてくれ…ッ！」

血と煙と怒号が飛び交う乱戦の最中、ダリウスは必死にリエルを探し続けていた。

気をつけていたのに見失ってしまった。隠れていろ、絶対に動くなとあれほど言い聞かせた場所からリエルは消えてしまった。自力でどこかに逃げたのか。聖兵かオスティア兵のどちらかに捕らわれてしまったのか。今のダリウスには知る術《すべ》がない。それでも未練がましく馬車の残骸の側をうろついていると、腕を強くつかまれて叱咤《しった》された。

「ダリウス！　もう無理だ、あの子《リエル》のことはあきらめろ！　このままじゃ俺たちの命が保《も》たない。作戦は失敗したんだ。こうなりゃこの煙幕が消えないうちに紛れて逃げるぞ！」

父親である隊商長《マシュサグ》の説得に動揺して、ダリウスは思わず言い返した。

「だけど…ッ、親父…‼」

「キルスが死にかけてる。アルベラも怪我で動けねぇ。ダンともはぐれちまった。残念だがこれが潮時だ。――商人なら引き時も弁《わきま》えておけ。確かに今こそあの子の力が必要だし、これ以上あの子で稼げなくなるのも惜しいが、こればっかりは仕方がない」

「――…」

リエルを商品として扱うその言い分にはいろいろ言い返したいし、納得もできない。けれど、

「ここでお前まで失うわけにはいかない！　俺にはお前の助けがいるんだよ…っ！」

父親にこうまで必死に懇願されて必要とされているのに、それを振り払えるほどダリウスは非情になれない。せめて今ここにリエルがいれば、親父を振り切れただろうか…――。

そこまで考えて、ダリウスは頭をひとふりした。

――いいや。俺はもう、ずっと前に選んでいたんだ。リエルより家族を。

だから今さらたらればで自分を慰めて、正当化しようとしても無駄だ。

俺は、リエルを見捨てる。

そして、その後悔を一生抱えて生きる。それがおまえに対する、せめてもの償いだ。

「リエル…。すまない…――」

ダリウスは小さくつぶやいて踵《きびす》を返し、家族を護るために走り出した。

◇　戸惑い

ざぶざぶと耳慣れない音がする。ざぶざぶ、ざぶんと規則的に打ち寄せて、ゆったり世界が揺れている。息を吐いて吸い込むと、紫眠花《ラヴエンダル》と檸檬草《リモネラス》と蜂蜜のほのかな良い匂いがする。

リエルが大好きな匂いだ。もう一度深呼吸して香りを存分に吸い込んでから、

「……ここは……どこ?」

まぶたを閉じていても眩しすぎる光をさえぎるために、怠くて重い腕をなんとか持ち上げて両眼を覆いながらリエルがつぶやくと、

「海の上だ」

てっきりダリウスが答えてくれると思い込んでいたから、知らない——いや、聞きおぼえはある…けれど、名前も素性もまったく知らない——男の声が返ってきて、リエルは驚きのあまり固まった。

「正確に言うと、アルシェラタンに向かう船の中」

低いのに滑らかで艶のある声にすらすらと続けられて、リエルはおそるおそる腕を上げ、声

のする方にぎこちなく顔を向けた。短い動きの間に、気絶する前の出来事はなんとか思い出したけれど、疑問が解けたわけではない。

「――…あなたは、誰…？」

リエルが身を横たえている寝台の脇に置かれた椅子に腰を下ろし、こちらをのぞき込んでいる男に向かって改めてそう訊ねた瞬間、彼が浮かべた表情を、なんと言い表せばいいのだろう。

衝撃と悔恨、あきらめと自嘲、大きな安堵と絶望。そして小さな希望。

いくつもの感情が次々と現れては消え、最後に残ったのはありったけの慈しみ。黙っていても伝わってくる剝《む》き出しの好意と、それを自制しようとする気配がひしひしと伝わってくる。

男は持て余しそうなほど長くて形の良い両腿に肘をつき、膝の間で両手の指を合わせて俯いた。その動きにつられてふぁさりと肩から零れ落ちた磨《す》り硝子《ガラス》越しの金細工みたいな髪色に、リエルはなぜか目を奪われた。

「――…俺の名は、クラウス。クラウス・ファルド＝アルシェラタン」

なぜか自嘲気味な名乗りに首を傾げつつ、リエルはとりあえず礼を述べた。

「そう、ですか…。……あの、助けてくれてありがとうございます。それから――」

それから…――。何を訊ねればいいのか、リエルは見失った。男の素性を？　それとも、あの戦いでダリウスたちはどうなったのかを？　聖導士たちに追われてはいないのだろうか？

戸惑い、視線を彷徨《さまよ》わせたリエルの表情から疑問に気づいたのか、クラウスと名乗った男は抑制の効いたおだやかな口調で教えてくれた。

「心配しなくても聖導院の追っ手はない。我々は痕跡を一切残さず君を奪還した。何かあれば俺が護るから安心して身体を休めてくれ。――俺のことが信用できなくても、この船には錚々《そうそう》たる手練れが揃っている。だから大丈夫だ」

「……はい」

他にどう答えていいか分からないので、リエルはとりあえず素直にうなずいた。

さっきから男が何か言いたそうに口ごもり、そのたびにほんの一瞬辛そうな表情を浮かべているのが気になるが、それを指摘して理由を訊ねていいのか分からない。なにしろ、ほんの少し前に出会ったばかりの人なのだ。いや、もしかしたら数日前なのかもしれないけれど。

そこまで考えて、リエルはハッと大切なことに気づいた。急いで我が身に意識を向けると、

「……増えてる」

「何が？」

寿命が、ほんの数日だけど増えている。けれどそれを教えるわけにはいかない。とりあえず男の問いには気づかないふりで質問を重ねた。

「あの」

「なんだ」

「グドゥアでの騒ぎから、何日経ちましたか?」

「ああ…。丸二日だ。ルル、君は丸二日眠っていた。今日は三日目の朝。天候に乱れがなければあと十日ほどでアルシェラタンに到着する」

「アルシェラタンてどこ…、いえ。その前に、どうして僕を助けて僕の名前を——…、ううん、その前に、ダリウスたちがどうなったのか、知っていたら教えてください」

丸二日眠っていたのに、寿命が尽きてしまうどころか増えている。そして、吹けば飛ぶほど薄く溶けかけていた気力と体力が、わずかだが戻ってきている。何よりも聖域を脱出してからずっと長い間得られなかった温かな滋味が、この部屋を満たしている。それはなぜなのか。

そして、そして…! どうして僕の真名『ルル』を知っているのか。

訊《き》きたいことは山ほどあるけれど、とにかく重要度の高いものから解決していこう。

「——ダリウスというのは、君を連れまわしていた隊商人のひとりか?」

連れまわしていた、という言い方に鋭い棘《とげ》と奇妙な冷淡さを感じたリエルは、名前や滋味についての疑問を忘れて言い返した。

「命の恩人です。荒野で僕が死にかけていたところを、助けてくれた人たちです」

だから失礼な言い方はして欲しくない。少し強い口調できっぱりそう言いきると、男は胸を衝《つ》かれたようにわずかに身動《みじろ》ぎ、椅子の背に身体を預けた。

「そ…うか。それは失礼した」

「あ、いえ。僕の方こそ…すみません。そうだ。あなたも、命の恩人になるんですよね」

どうしてわざわざ助けてくれたのか、皆目見当もつかないけれど。――ううん。もしかして、やっぱりこの人は……この人も、僕が〝癒しの民〟だって知っていて、利用するために助けたのかも。そう考えた方が納得がいく。

「そうだな。……俺も、君の命の恩人だ。それは間違いない」

男は再び俯いて、自嘲気味に小さく笑って答えた。

その声音。発する雰囲気と態度。

なんだろう、さっきから。この人が口にする言葉は、常に何かを隠しているように聞こえる。

――違う。隠しているんじゃなくて、何か別に言いたいことがあるのに、それは言えないから別の言葉に置き換えているような。

「君を連れまわし…いや、命の恩人だったダリウスとやらと、その仲間がどうなったかについて安否の確認はしていない。――もし、どうしても知りたいと言うなら調べて教えよう。少し時間はかかるかもしれないが、それでもよければ」

「いいんですか？」

「ああ。他ならぬルルの頼みだ。可能な限りの便宜を図ろう」

「…――」

男が何か答えるたびに、答え以上の疑問が湧き上がる。けれどそれをすべて解き明かすほどには体調が戻っていない。さっき目覚めたばかりなのに、すでに睡魔が忍び寄ってきている。

リエルは欠伸《あくび》を嚙み殺しながら、ダリウス一家の安否を調べてくれるよう頼んだ。

「でも、調べる人に危険が迫るようだったら、無理しないでください。あきらめます」

そう…。あきらめるのは慣れてる。

急速に眠りの淵《ふち》に落ちようとしている意識をなんとか繋ぎ止めながら、リエルはもうひとつだけ…と口を開いた。

「最後に、もうひとつだけ、お願いがあります…」

「なんなりと」

「僕のこと…、ルルって呼ぶのは止めてください」

「——…ッ」

目を閉じていたのに、男がひどく動揺した気配が伝わってくる。けれどこれだけはどうしても譲れなかった。そもそもどうしてこの人は僕の真名を知っているのか。それも確認しなければならないけれど、それはまた次に目が覚めてからにしよう。今はとにかく、

「あなたには、その名前で呼ばれたくありません。僕をルルって呼んでいいのは…——」

僕の家族と仲間と、そして大切に想ってる人だけだ。

「……僕の名前はリエルです。これからは、リエルって呼んでくださ…い……」

半分眠りに落ちながらの訴えに、男はなんと答えたのか。

それとも答えなかったのか。

次に目が覚めたとき、リエルは思い出すことができなかった。

あとがき

キャラ文庫さんではお久しぶりの六青《ろくせい》みつみです。初めましての方には初めまして。美しい表紙に惹《ひ》かれて、またはあらすじに惹かれて、はたまたタイトルになんとなく惹かれて…――理由は様々かと思いますが、本作をお手にとって下さりありがとうございます。読み切りだと思ったのに『つづく』ってどういうこと？　と頭をひねっておられる初めましての読者様には、次巻（完結巻）が出るのを待つ間の慰めに、拙著キャラ文庫既刊【輪廻の花～３００年の片恋～】をオススメしておきます。こちらは1冊で完結しておりますので、続きをもきゅもきゅしながら待つことなく楽しんでいただけるかと思います。今作の雰囲気が好みに合われた方は【輪廻の花】も気に入っていただける可能性が高いと思いますので、ぜひお試し下さい。

――という感じに、どさくさに紛れて既刊の宣伝をしたところで、改めて【鳴けない小鳥と贖《あがな》いの王～彷徨《ほうこう》編～】（『ホウコウ』と書いてわざと『ホウロウ』と読ませてます）を手に取っていただきありがとうございます。勘の鋭い方はタイトルでお気づきのとおり、今作は続き物となっております。続き物といっても全十巻などといった壮大な話ではなく（そういう物語も書いてみたいですが）次巻で完結予定なのでご安心ください。

＊＊ここからネタバレになりますので、今作未読の方は読了後にお読みください＊＊

次巻の見どころ読みどころといたしましては、今回ラストで絶賛塩対応になっていたリエル（ルル）が、クラウスにどうやって心を開いていくか。というか、クラウスがどうやってルル（リエル）の心を開き、信頼を取り戻していくのか。その上でふたりのBとLがどうなるのか。そのあたりを主軸に、ルルと聖導院との関係や、王となったクラウスのがんばり、ハダルはどうなったのか、聖域に囚われている〝聖なる癒しの民〟たちはどうなるのか…等、ハラハラドキドキ盛りだくさんの内容でお送りする予定ですので、楽しみにお待ちいただければ幸いです。

最後になりましたが挿絵の稲荷家房之介《いなりやふさのすけ》先生、美しい＋格好いいクラウス&超絶カワイイ☆ルル（リエル）の挿絵をありがとうございました！　次巻も楽しみにしています！　そして担当様、編集部の皆様、出版・販売に携わってくださっているすべての皆様に感謝申し上げます。いろいろご迷惑をおかけして申し訳ありませんが、次巻でも何卒よろしくお願い致します。

令和三年　春　六青みつみ

＊激遅更新ですが既刊のSSなどが読めます→自サイト http://incarose.sub.jp/
＊最新情報は Twitter で適宜更新中→六青みつみ @roku_mitsumin

この本を読んでのご意見、ご感想を編集部までお寄せください。

《あて先》〒141－8202　東京都品川区上大崎3－1－1　徳間書店　キャラ編集部気付
「鳴けない小鳥と贖いの王～彷徨編～」係

【読者アンケートフォーム】
ＱＲコードより作品の感想・アンケートをお送り頂けます。
Ｃｈａｒａ公式サイト http://www.chara-info.net/

■初出一覧
鳴けない小鳥と贖いの王～彷徨編～
………小説Chara vol.42（2020年　7月号増刊）掲載の
「王と癒しの翼」を改題・加筆修正し書き下ろしました。

Chara
鳴けない小鳥と贖いの王
～彷徨編～
……………【キャラ文庫】

2021年3月31日　初刷
2022年6月25日　2刷

著者　六青みつみ
発行者　松下俊也
発行所　株式会社徳間書店
〒141-8202　東京都品川区上大崎3-1-1
電話　049-293-5521（販売部）
03-5403-4348（編集部）
振替　00140-0-44392

印刷・製本　株式会社広済堂ネクスト
カバー・口絵
デザイン　モンマ蚕（ムシカゴグラフィクス）

ISBN978-4-19-901022-4

キャラ文庫最新刊

営業時間外の冷たい彼

すとう茉莉沙
イラスト✦小椋ムク

自分の性指向に悩む大学生の航太《こうた》は、「レンタル彼氏」を依頼することに!! ところが彼氏役として現れたのは、規格外のイケメンで!?

二度目の人生はハードモードから

水無月さらら
イラスト✦木下けい子

事故で助けた高校生の身体に、魂だけ乗り移ってしまった芳郎《よしろう》。その日から体の持ち主である高校生・拓人《たくと》として生きることになり!?

鳴けない小鳥と贖いの王 ～彷徨編～

六青みつみ
イラスト✦稲荷家房之介

翼を持つ、「癒しの一族」の血を引くルル。ある日、村を襲われ鳥に変化し逃げ出したところ、旅の青年・クラウスに助けられて…!?

4月新刊のお知らせ

犬飼のの　イラスト✦笠井あゆみ　[暴君竜を飼いならせ10(仮)]
尾上与一　イラスト✦yoco　[雪降る王妃と春のめざめ　花降る王子の婚礼2]
華藤えれな　イラスト✦夏河シオリ　[簒奪者は気高きΩに跪く(仮)]

4/27（火）発売予定